老残のタンポポ

踏まれても踏まれても咲く

山原 八重子

文芸社

まえがき

誰でも人の姿はよくわかります。でも、自分の姿は鏡の中に映る姿でしか見る事は出来ません。ましてや、その姿の中にある自分の心を外から見るのは不可能でしょう。一体私は、今、何が言いたいのでしょうか。九十歳の生まれた日を迎えて、振り返る道のりは、長くもあり、また一瞬に過ぎ去ったような気もします。

昔の偉い方々は、今の私の半分の人生で世の為、人の為に盡《つ》くしてその名を残しておられます。

今は亡き最愛の息子が白紙の原稿用紙を私に届け、一週間後の令和二年十二月二十八日、愛する家族と母を残して逝ってしまいました。コロナの為に病室で手をにぎり、背をさすってやる事さえ、ままにならず、淋しさと、悲しさ、悔しさの涙の中で、この原稿用紙は息子の遺志と受け止めて、ここに筆を執りました。

我が家族はもちろん、一期一会のすべての方に、感謝の心で綴っていきたいと思います。

目次

嫁して三年子なきは去る

きびしい姑の思惑通り、石切神社の奥の院へ三、七、二十一日間のおこもり修行を強いられ、満願の二十一日にみごもって？　生まれたのが昭和六年六月二十五日。名前は、綾子と八重子をお盆にのせ、目かくしをして引いたところ、三度とも八重子を引いたから、八重子になったという。待ちに待った子供。父方の祖母の可愛がりようは異常だったらしい。

昭和八年十二月九日、宗一誕生。初めての男の子なのに八重子に首ったけの姑。同じ十二月二十三日、皇太子明仁《あきひと》親王ご誕生。こちらは国を挙げて、日継ぎの皇子をお祝いした。

昭和九年九月二十一日。室戸台風、大阪に上陸。八重子三歳三ヵ月。道路に面した格子の窓から、吹き荒れる外の様子を心配そうに腕組みをして見ていた父の姿がくっきりと浮かぶ。やがて、布団にくるまれて向いの家に避難？　したような記憶がある。

昭和十一年一月九日。二人目の弟惣次郎が生まれる。八重子四歳六ヵ月。その頃、南町の家を売り、小瀬の津田川べりにあった長屋の端の小さな家に引っ越していた。八重子は、近所の子供達と川で遊んだり、木に登ったりして半ば男の子みたいだった。

二月十五日。旧の正月、真新しいピンクのセーターを着せてもらい、八百屋さんまで使いに出された八重子。途中、にわとりが見たくて、ちょっと寄り道をした。早く買い物をしなければと大通りに走り出た途端。「ガシャン、キイッ」牛乳屋の大きな自転車にぶつかってしまった。とにかく八重子の顔に自転車の前輪の泥よけがまともに当たったからたまらない。どっと流れ出た血がピンクのセーターを、みるみる真っ赤に染めてしまった。さあ大変。病院に運ばれ右目の下を六針縫って顔は包帯だらけの正月。聞くところによると、一声も泣かないで看護婦さんに褒めてもらったとか。

四月になって八重子は幼稚園に入る。赤子の惣次郎。脳膜炎にかかって明日も知れないといわれている宗一。床に就いたままの姑。母は大変だったらしい。

泣き虫の惣次郎を人に頼んで守りをしてもらえば、背中で大声を出して泣くものだから頭が痛くなるといって断られてしまう。せめて一人でも幼稚園に預ければ助かったのかも知れない。やがてあんなに重かった宗一の病気が快方に向い、姑は他界。その年、堤に引っ越しをした。幼稚園は途中で退園したことになる。昭和十二年の七月だった。盧溝橋事件があり、支那事変（日中戦争）へと世の中、無気味に動きだしていた。

昭和十三年四月、八重子は小学校入学。母は妊娠して、つわりがひどかったのか入学式は岸和田の母方の祖父が連れて行ってくれた。服の事は忘れたが、膝下スカートの長たらしかったのは記憶にある。何にしても四人目のつわりだからスカートの裾上げまで手が届かなかったのだろう。

考えれば、岸和田の家を売り小瀬での病魔に取り付かれたような生活の中で、貧乏神が成長し、やがて貧乏人の子だくさんを地で行く家庭の長女として、今また、小学校一年生として男女合わせて八十二人の友達と勉強をする事になる。

貝塚南尋常小学校、全校生徒四百人程。担任は山下公子先生。一番の友人は「佳ちゃん」。

校門の奉安殿その横に、二宮金次郎の像。八重子には学校のすべてが学ばなければ損をするように思えた。しっかり先生の言う事を聞かなければわからなくなる。家に帰れば子守が待っている。

「忠、孝、を基によく学びませう。よく勤めませう」

阪和線和泉橋本駅から二分程下ると、府道13号（小栗街道）が北から南へ走っている。かまぼこ形の砂利道だが広くて新しい道だった。駅の横を西北から山へ向って走る道の交差点近くにある借家の角が八重子の家である。ここで、少女から青春まで暮らす事になる。

近所には、前が床屋さん。その裏に秋野さん。ここのご主人にはいつも可愛がってもらった。床屋のフサ子ちゃんとはケンカ友達。秋野の絹ちゃんとは遊び友達だったけど、おっちゃんが自分の子供達に小学館の月刊誌を買ってくる時は必ず八重子の分も買ってきてくれた。毎月月初めが来ると待ち遠しくて、つい口に出る。

「まだかなー」

するど母は怒る。

「よその人に買ってもらう物を待つなっ！」

って。でも、うちには、時計はないし、新聞はないし、お金はないし、あるのは子供だけだよ。

だけど時計はなくても、朝五時頃だったかな？　阪和線を貨物列車がピィーッと甲高い汽笛を鳴らし、ガタガタと駅に挨拶をして走る。しばらくすると電灯が消える。当時は昼線と夜線があって金持ちの家は今のようにメーターで電気を自由に使えたのだが、下々は定められた電気だけしか使えなかった。だから朝六時に消された電灯は夕方六時には勝手につくから朝夕の六時はわかるのである。昼の間の時間は床屋さんの窓から店の時計をちょっと拝見すればよい。

さて一年生の八重子は学校にも大分慣れて、父兄会の日が来た。

「おかちゃん、父兄会に来てくれるんかー」

「おかちゃん、忙しいて行かれへんさかい、おじいに行ってもらい」

「うん。おじいとこ行って『来て』てゆうて来るで」

「宗一も惣次郎も連れて行きや」

いつも家にいる時は『子守』という役目を背負わされているのである。

二学期に入って、ある日の夕方。いつもの通り弟を連れ、絹ちゃんとその弟達と駅の近くで遊んでいた。

「あ、山下先生」

誰かが言った。八重子は丁重に頭を下げて、

「先生、さようなら」

と言った。

その翌日学校へ行って昨日の宿題をすっかり忘れているのに気が付く、もう何《ど》うしようもない。先生が、

「宿題を出しなさい」

出せない自分の体のやり場がない。

「忘れた人は、前に出て来なさい」

男子三人、女子一人。仕方ないにも程がある。せめて女子のつれでもあればよいものを、

「植田さん。女の子で一人しかないよ。みんなちゃんとして来てるのに何で忘れたん？」

「あの……子守してたから、出来へんかった」

「でも駅の辺りで遊んでいたやろ」

と言われ、両方のホッペタを思い切りひねられた。恥ずかしいのと、忘れていた自分に腹が立つのとで、居ても立ってもいられなかった。あれ以来、宿題を忘れることはなかった。

三学期も終わり、終業式の日。この一年間に勉強の出来た人、学校を休まなかった人に賞が与えられる。

「品行方正　学業優等など」

この言葉だけでみんなが一目置く学年最高の賞である。

いつも子守を強いられ、昭和十三年の十二月には妹亨子《みちこ》が生まれ四人姉弟。母は学校の事は一切おかまいなし。学校の行事には時々おじいが来てくれる。

昭和十四年、八重子二年生になる。担任はヒサ先生。若くて美しい先生。学校という所は、家の貧乏も金持ちも勉強の出来不出来で垣根が消えるのである。いくら貧しくても少しも卑屈になることはなかった。しかし家の手伝いや弟妹の世話をする事でいつしか子供らしさが抜けて、少々ひねた子供だったらしい。その頃母は五人目を妊娠したらしく、つわりの症状があったのだ。だんだんとふくらんでくる母のおなかを見て、(腹の大きいのが母親というものなのだ)と思っていた。父は何も言わず黙々と製鋼所勤めをしている。夜勤昼勤と一週交代で働く。世間では軍需工場が活気づいてくる。やがて来る大戦争も知らないで。

八重子は二学期に入り級の副級長になる。年に一回しかなれない役だ。級長は男の子。副級長は女の子。級長は赤いバッジ、副級長は黄色いバッジ。何だか胸がほこらしく重い。身長一一八センチ、体重二〇キロ。決して大きくなかったけれど一応級のリーダー格となる。一学期には勢子《せいこ》ちゃんがなった。勢子ちゃんは窪田で大きな屋敷に住んで、お父さんは校長先生。お母さんは画家だそうで、

「今年のクリスマスにサンタクロースが、この筆箱をくれた」

とか、

「この本をプレゼントしてくれた」

とか。

八重子には、クリスマスが何でサンタクロースが何か少しもわからないけれど、美しい筆箱や本をもらっている事は確かだ。八重子はその本を借りて読むのが楽しかった。

毎朝、朝礼時は、

「気を付け　前にならえ」

と号令をかけ、みんなを整列させ、先生の次に立っているのだ。毎月一日と十五日には、氏神様へ必勝祈願のお参りに行く。級長副級長は級代表で神前に玉串を捧げる。

村のあちこちでは若い男の人達が戦争に駆り出されていった。召集令状が届くと、その家の前には日の丸の旗が交差して立てられ。祝出征の提灯《ちょうちん》がつられる。そして、出で立ちの日は村中の人がかけつけ、「祝出征○○○君」と書いた幟を持って駅まで見送って行く。軍服姿に赤いタスキをかけた凛々しい姿は子供心にやきついて、男の子なら誰しもあこがれたものである。

紀元二千六百年

『ぜいたくは敵だ』

日中戦争が始まって三年目、世界中が戦争に向って馳せている。そんな二月、八重子には三人目の弟憲次が生まれた。やっと一歳の誕生日を終えたばかりの亨子の世話は、わずか三年生の八重子の腕にかかってきたのである。夜は亨子と一緒に寝おむつの世話から風呂の世話。といっても家には風呂があるはずもなく、外にある共同風呂である。戦時色が色を増し、隣組制度が出来、堤第六隣組が我が家の組である。お金のあるないは別にして、十一軒のかたまりは仲良く助け合って暮らしていた。みんなで近くの空き地を借りてほとんど手製の掘っ立て小屋に風呂を造り、交替で当番を決めて焚く。焚き木はそれぞれ買う者もあれば山へ拾いに行く者。もちろん、ご飯はかまどで炊くのだから、何としても焚き木は必需品である。燃える物は大切にとっておかなければならない。そうそう風呂の事。当時この六組の風呂が有名になり、何新聞だったか記憶にないが、『仲よし共同風呂』として小さく載ったことがある。

学校では、音楽の時間。

ドレミ、は英語だから使ってはいけないと、ハニホヘトイロハで音階を唄うのである。八重子は唱歌はまあまあ歌えたのだが、和音笛がカラッキシ駄目だった。その音感のにぶい事、算術の暗算と一緒。

「みんな大きくなったら何になるか、前の人から順に立って教えてください」

先生の声に、みんなはざわざわ。一人ずつ立つと、

「電車の車掌」、「看護婦さん」。

「女優」そういったのは澄ちゃん。女優とはあの活動写真に出てくる女の人。勢子ちゃんはとても可愛い。勉強も出来る。歌も上手。八重子は何になるとも考えていない。

「大きくなったら……、良いお母さんになります」

と大きな声で答えた。一体良いお母さんとは何を目標に言ったのだろう。

活動写真と言えばこの間、シズヱ叔母に『愛染かつら』を見に連れてもらった。〝可愛いお前があればこそ〟という歌詞の唄まで覚えてしまった。

ある雨の日、体操が出来なくて教室で授業をする事になった。

「今日は雨で体操が出来ないから、一人ずつ前に出て何かやってもらいます。歌でも何でもよろしい」

八重子は咄嗟《とっさ》に、「コレ」と決めて順番を待って、教壇に上るやすぐに、

「可愛いお前があればこそ〜〜」

自信たっぷり唄いだした。先生はいきなり、

「植田さん　ちょっと待って」

と笑い乍《なが》ら止めたのだ。およそ子供の歌う唄ではない。流行歌を歌いだしたのに先生はびっくりされたのだ。八重子は、何故と不審に思って歌うのをやめた。

「他の唱歌を歌ってくれない……」

先生に言われて八重子は恥ずかしくなって自分の席にもどってしまった。先生はニコニコしながら近寄ってきた。折角の腰を折ってしまったので少しかわいそうに思われたのか、

「じゃあ、今のでよいから、もう一度歌って」

と優しく言われたが、八重子はそのまま歌わなかった。

この十一月には、日本では紀元二千六百年の記念行事が国を挙げて行われた。三日間昼は旗行列、夜は提灯行列。めでたいのかめでたくないのか、家はますます苦しくなる一方、世の中どんどんきびしくなるばかり。それでも八重子は勉強を頑張った。

三年生から男子と女子が別れたので、女の子の級長が出来た。二学期には級長になった。赤いバッジ。家では小さな母親代わり、学校では先生の補佐役だ。宗一も一年生になっている。小さい時、大きな病気をしたせいで少し遅れている。すじ向いの江坂さんちに、均ちゃんがいて宗一と同級生だ。いつも一緒に遊ぶ。宗一の愛称は「キィやん」。

「コラッ、八重子！　また小さい子と男みたいに棒を振り回している。そんな事せんと勉強せんか」

実《みのる》兄いやんの声だ。母には一人の妹（シズヱ）と四人の弟がいた。健太郎、清、実、義一で八重子にとって叔父である。恐らく「勉強せよ」と叱ってくれたのは実兄やんだけだった。だからとても怖かった。ひねているようでもまだ子供、幼児を背中におぶって、下の弟達を連れて、おじいの家の庭に来ては戦争ごっこをするのである。すでに健太郎兄やんも清兄やんも戦争に行って二人だけ残っている。

おじいは、納屋でトントン藁を打っている。藁草履を作る為だ。おじいの作った草履は村でも評判が良い。手先の器用なおじいは藁を打っては縄や草履を作っていた。八重子はその前に腰を下ろして見るのも好きだったがそれよりおじぃが大好きであった。おじいにとって初孫でもあったけれど、長女に生まれ親の手伝いをする不憫《ふびん》さを誰より一番感じてくれていたと思う。だから父兄会に来てくれるのだ。一仕事終えると母屋《おもや》（おじいの生家）のじい（おじいの兄）が来て茶を飲む。それから着物の裾をはしょって掃除をする。だから女手がなくても家はいつもきれいだった。四人の男の子を二人まで戦場に送り、やがて後の二人も年齢が達すれば兵役を免れる事はない。

昭和十六年　大東亜戦争へ

四月から学校の名前が変わった　貝塚南尋常小学校から、貝塚南国民学校となり、八重子は初等科第四学年となる。一学期副級長となるも少々気に入らない。年間通して一回しかなれないのに同じなら級長をやりたかった。

二年、三年とお世話になったヒサ先生が結婚の為南校から去っていかれた。とても淋しかった。お別れの日、先生から紙包みをそっと頂いた。家に帰って開くと、「長帳《ながちょう》」が出てきた。今のドリルだ。何一つ余分に勉強の資料など与えてもらわなかった八重子にとって喜びより、とまどいを感じた。そしてこれが勉強の補習材料である事を知った。みんなこんなもので勉強しているのだなーと思ってもその次を買ってもらえるなど夢にも思えないのである。その長帳と一緒に頂いた先生の言葉、「これからも、一生懸命勉強しなさいよ」。

学校、それは唯一の勉学の場である事は言うまでもないけれど、八重子にとって家庭の小さな母親である限り宿題がやっとなのだ。難しい漢字が出てきても教えてくれる人がいない。意味調べがあってもわからない。

「おかちゃん、これ何て読むん？」

「そんなん、おかちゃんわかれへん。江坂のおばちゃんに聞いちょいで」

「うん」

読み方の本を持って江坂さんちへ。

「おばちゃんこの字何て読むん？」

「八重子ちゃんえらいな、これは〇〇て読むんやで」

「おおきに」


学校では週に二度、朝礼の時、生徒が一人朝礼台に上って、月曜日は教育勅語、水曜日は読み方の本を朗読する。

「次の水曜日は植田さんに本を読んでもらうから練習しておくように」

先生に言われて嬉しいような心配なような。でも本読みには自信があった。だって読み方の時間大好きだから。

「おかちゃん、今度の水曜にな、朝礼で本を読むんやで」

「ふうん」

間の抜けたような返事しか返ってこない。江坂のおばちゃんに聞いてもらおう。

「おばちゃん、うちな、今度の水曜日朝礼で本読むん」

「そう、しっかりけいこして上手に読みや」

当日、少し足がふるえたけれど、詰まらないで読むことが出来た。ますます読み方が好きになった。家でも大きな声で本読みをするようになる。本読みは子供をおぶっても出来る。二宮金次郎は焚き木を背負って勉強しているではないか。

バタバタ、と小さな足音が聞こえて、

「八重子ちゃん。あのな、今から浜寺公園行くん。お父ちゃん一緒に連れていってやる言うから行こう」

と、絹ちゃんと国夫ちゃん、秋野さんは田舎に似合わずハイカラだ。おっちゃんは大阪のボタン会社のエライさんだ。八重子は飛び上がる程嬉しかったけど母が許してくれない。着て行く服がないとか、何だかんだと言って怒る。今度はおばちゃんが来て母を説得してくれた。生まれて初めて、遊園地に連れて行ってもらった。キラキラ、ガヤガヤ、そして動く乗り物。この世にこんな夢みたいな所があろうとは今まで考えた事もなかった。散々遊んだ末に、鬼にボールを投げ、当たると鉄棒をふりかざして大声でうなる。このゲームは、いつまでも心に残った。

秋野さんは何かと八重子の事を気にかけてくれた。子供が多かったのに、お金持ちだった。

ある夏の日。おばちゃんが、カンタン服（ワンピース）を持って、

「これ八重子ちゃんに着せてやって。絹子のを縫う時一緒に縫ってきたから」

そう言って八重子に着せてくれた。ピンク、緑、の一センチ角位の箱柄で、衿と袖に白いレースが使われて、とっても可愛くて寸法もぴったりだ。あの服の事は今も忘れない。そしてよく二色《にしき》の浜《はま》へ海水浴に子供達を連れて行く時は必ず八重子を誘ってくれたが、母は断るのだった。あまり借りは作りたくなかったのだろう。


学校の大事な行事のある時は、校長先生が白い手袋をはめ、奉安殿からうやうやしく、教育勅語を押し頂いて、それを読み上げる。みんな頭を下げて聞くのである。生徒は高学年になるとその勅語を暗唱しなければならない。

世の中、生活必需品の統制令がしかれ、貧乏で物が買えないだけでなく世間から物が消えていった。冬になると霜やけの手がかゆい。それでも食事の片付け、おむつ洗いは八重子の方に回って来る。

よもの海　みなはらからと思ふ世に
など波風の　立ちさわぐらむ

明治天皇　明治三十七年

明治天皇の御製

十二月八日、日本海軍、真珠湾奇襲攻撃により、米英を相手に戦争を開始。それでなくても、支那事変（日中戦争）から四年。神の国は今、一億火の玉となって戦うことを余儀なくされた。すべての物は　配給制度となり、学用品も品不足になってきた。それでも金さえあれば手に入る物も少なくない。

「植田、お前の字は栄養失調か。何んな筆を使っている」

習字（書き方）の時間、奏先生。こわごわ自分の筆を先生の前に出す。

「こんな筆じゃ字は書けんぞ。この筆を買《こ》うてもらえ」

見ると太くて毛先もたっぷりしてとても書き易そうだけれども、代金が気になり、第一そんな筆買ってもらえるはずがない。一本十五銭もする筆なんか、結局家に帰っても母には言えなかった。小遣い一銭もらうのに二日子守してやっとである。一銭あれば口に入り切れない位の大きなドングリあめが二つ買えた。

家の真横を通る幅三メートル程の道の向う側に、漬物屋さんがあり並んでダンジリ小屋、堤の集会場、新池の土手が続いている。土手の中程に村の中へ入る道があり、角に地蔵さんが祀られている。その続きの広い屋敷が、佳ちゃんの家だ　隣のお寺より広いんだから。そこの一人娘が佳ちゃん。一番の友達で一年生からずっと一緒、勉強もよく出来たし、良きライバル。

「佳ちゃん、あそぼ……」

学校から帰ると、いつものように、弟が背中。十一ヵ月の憲次だ。背中の守りだけではすまない六歳の惣次郎もついて来る。二歳の亨子は危ないから遠くへは連れて行けない。広い裏庭回りに納屋があり、離れ家がある。そこでママゴト遊びをする。おばちゃんがお菓子を分けてくれた。

(いつも佳ちゃんこんなお菓子食べて、ご飯いっぱい食べて、何があっても一人で食べられて、ああ一人っ子ってええなあ)


山手に広がる丘陵「さんのじ山」に陸軍病院が建ち、病気になった兵隊さんが入院し治療を受ける。病院の近くに官舎が並び、軍医や病院で勤める人達がたくさん住むことになった。小野さん、中谷さん、木浦さん。この人達は、田舎っぺの我々とちがって都会の子だった。まして、木浦さんのお父さんは軍医さんで、父兄会でもないのに学校へ来て勉強の様子を見る。その姿は、陸軍少佐の軍服に日本刀まで腰にさげて長い長靴をはいて来るのである。

その三人よりもかなり月日が経って北川さんが転校して来た。病院関係の人々を運ぶ為に、さんのじ山から馬車が駅まで通う。時折その子供達が馬車に乗って学校へ来る事もあった。

八重子は、北川さんには何回か脱帽した。よく勉強の出来る子だった。良きライバルとして卒業するまで仲良くした。勢子ちゃん、北川さん、八重子。クラスでいつもトップを走る。朝礼の教育勅語や朗読もたいてい八重子に回ってきた。中でも五年生の学習発表会に、十ページ程もある物語を暗唱した時の感激は忘れない。あれは『吾妻鏡』の中で静御前が鎌倉鶴岡八幡宮で源頼朝の前で、「しづやしづ」を舞った時の物語で、文は古語文になっていた。

先生は、

「植田さん。出来たら現在の言葉に直してやってくれたらいいんだけど……」

そんなこと言われても、八重子には落ち着いて現代文に直して、それを覚える時間がない。仕方なく本のまま暗唱した。一回もとちることなく見事終わった時は胸がいっぱいになった。

「八重子、子のムツキ替えて池で洗うちょいで」

そう言って母は釜の蓋を取り、中をチラッとのぞき、へっつい（かまど）の火を火箸でガサゴソ。そして燃え切った炭火を鉄の消し壺に入れている。貧乏家に似合わない立派な消し壺である。蓋をすると重みのある鉄の音がする。その中で消えたカラケシは、カンテキ（こんろ・七厘のこと）で炭火をおこすのになくてはならないのだ。唯一冬の暖である火鉢の煉炭もこれがなければ困る。母の言いつけには全くそむく事を知らなかった八重子。憲次のおむつを取り替える。何しろ小さな母親だから上手だ。

「イヤだ、またウンチ」

夏はまだよい。池には水がいっぱいあって、洗濯場の石段に足をつっこんで洗えばすぐだけど、冬場は池の樋を抜いて鮒《ふな》取りをするので、あとは中程に水があるだけ。真冬になるとその水が凍ってしまう。下バケツにムッキを入れると、八重子は早くも霜やけでふくれた手でバケツを持って、池の土手を上がる。洗濯場の石段を三つ下りると、バケツを石の上に置いてぴょんと池の中に飛び下りた。水たまりはあるがきれいな所まで遠い。あたりから、棒切れを拾ってきて穴を掘ると水がたまる。そこで大を振り洗うとまた次の所へ穴を掘って、手で揉む。また穴を掘る。水のたまるのを待ってすすぐ。初冬の風は濡れた霜やけの手をなでて吹き抜けていく。

六畳、三畳せまい縁側。中に通り庭があって二畳の間と一坪あまりの土間があって便所へとつながっている。裏に出ると一畳ばかりの土地に洗濯石があり、隣の住田さんと二戸一《にこいち》の井戸。炊事、洗濯、洗い物すべてはこの吹きさらしの井戸べりでする。つるべを井戸の底に落としては、イカリを借りに大家さんまで走らされた。

小さな縁側の片隅に、リンゴ箱を横向けに置いて八重子の勉強机にした。その縁側を下りた所が一畳半の土地で、八重子が子をおぶって本読みをする大切な場所である。動いていなければ背中の子が泣くから、五、六歩、歩けば回れ右をして本を読む。子守唄、みたいに。

昭和十七年

マニラ、シンガポール、ジャワ、日本が勝った勝った。その反面、国中の生活は困窮をきわめ、『欲しがりません、勝つまでは!!』辛抱と耐えることに徹した教育を受ける。

相次ぐ日本の勝利に、占領した南の国からゴムが送られてきたのか、ゴムぐつやゴムまりが学校あてに配給されてきた。数はわずかだが級に二つのゴムまり、直径十センチ程の白いまり。世の中何うであれまりなど手に入る事は夢のまた夢。それがくじ引きで当たったのだ。夢が現実として八重子の手に先生から渡された。ゴムまりを抱いてみた。におってみた。そしてついてみた。嬉しかった。ゴムのズックぐつだってみんなすり切れて、男の子は裸足で学校へ行った。藁草履だって上等だよ。


その頃、学校の校門で薪を背負って本を読む二宮金次郎が出征することになった。ある朝、銅像が赤いタスキをかけている。朝礼で校長先生が、

「今日は、二宮金次郎が出征します。皆さんは道まで送って下さい」

と言われ、みんな日の丸の旗を持ってあのカマボコ形の府道13号線に並んだ。車の荷台に乗せられて二宮金次郎は征ってしまった。鉄砲のタマになったのかなあ。

家では金めの物はすべて供出しなければならず、我が家に出す物は何もない。でもただ一つ立派な消し壺があった。これしか出す物がない。しかし、これを出したら、消し炭を何うして作ればいいの。やっぱり、消し壺も戦争に征ってしまった。

産めよ増やせよ、国は子宝を奨励した。男三人女二人、五人の子持ちでもまだまだ増やせとおだてられたが、父はただ黙々と夜勤昼勤を繰り返して働くだけ。直径八十センチの丸いチャブ台の前で母は何かをしている。

「八重子ちょっとおいで」

呼ばれて母の横に座った。

「これ数えてみい」

そう言うと母は札束を八重子に渡した。八重子はなれない手つきで拾円札を数えた。八枚八十円だ。

「おとっつぁん。夜も寝んで働いてくれたんやで」

母の嬉しそうな顔。後にも先にも母が父の事をほめてくれたのはこれだけだった。八重子にはこの八十円が多いのか少ないのかわからなかったけれど。こんなお金を見るのは初めてだった。

シズヱ叔母が嫁に行き、たった六ヵ月で夫が召集をうけ間もなく戦死の公報。健太郎兄やんは一時凱旋して家に居り、嫁ももらって縄工場を経営していた。義一兄やんはまだ二十歳前でとても優しく、縄工場を手伝っていた。荷車に藁をつみ上げて工場へ運んだり、出来上がった縄を運んだりしていた。空の荷車に姉弟で乗せてもらうのがとても楽しかった。清の兄やんも凱旋して来たが、あまり長く家に居れなく、今度は健太郎兄と一緒に召集されて征ってしまった。間もなく実兄やんも召集令状。しかし三ヵ月程で病気になり帰され家で亡くなった。

この年の四月には、すでに東京、名古屋、神戸は空襲を受けていたそうだ。六月にはミッドウェーの海戦に敗れ、危機は迫っている。

六畳の部屋にだだっ広い布団が一枚。四人の子供が、あとさし、で寝る。もちろん上布団などない。夏でも明け方は寒い。みんな敷布団の下にもぐり込む。下は畳でも上に布団があれば温かい。ちなみに冬は、大布団が一枚かけられ、真ん中に豆炭コタツが一つ入れられる。一人がコタツの上に足をのせると他の者があまり温かくないのでケンカになる。冷えるから寝小便する者もいる。夜中、横に寝ている者がびっしょり濡らされ母を起こしに行くと、小便をした者は当然だけど、姉だからおこしてやれと言われるけど、ちょっと無理だよなー。

当時、隣の住田さん、西出のおばちゃん達が夜なべに編み物をしに来る。家に一つしかない電灯の下でおしゃべりをしながら編み物を教え合っていた。床屋の治さんも仕事から帰ってよく遊びに来た。夏は夏で古着の再利用をしながら、何とかみんな子供の服を考えて着せていたようだ。今から考えると、いくら子供でも枕元でガサガサゴソゴソペチャクチャやられて、よく眠っていられたものだ。

六月のある日、朝から体が変だったが母に言わず学校へ行った八重子。今日は学校の実習で五年生全員での田植えがある。農家のおじさんが田んぼに水を入れてくれるのを待って、田植えが始まる。水田の中は冷たくて気持ちがよいだろうと期待していたのだが、普通でも田植えは疲れる。熱っぽい体は最後まで何うしようか。目の前がくらくらして今にも倒れそうになるのを、我慢してみんなについて行った。

植え終わった。苦しかった。畦《あぜ》に上がると足がふらふら目がくらくら、誰にも気付かれず学校が終わるまでがんばった。帰っても何も出来ない。じっと膝小僧をかかえて座っていた。さすが母も用事を言い付けずに医者に連れて行ってくれた。医院といっても岸和田まで出なければないのだ。風邪との事で注射をしてもらって帰ったが、翌日は学校を休んだ。その翌日、

「八重子、学校何ないするんや行くんか？」

「学校行くよ」

まだ、だるいのが残っていたが家に居るより学校の方が良い。そして一時間目、

「今日は、とっても辛抱強い子のお話をします」

先生は、あらたまって言った。

「おととい、校園の田植えがありましたね。その時、熱があったのに苦しいと一言も言わずに、最後まで植え終わり、お勉強もおしまいまでして帰りました」

はじめ誰の事だろうと思ってみんなと一緒に聞いていたのだが、先生は八重子の方を見て、

「植田さんです。昨日は休みましたが今日は出席しています。みんなも我慢強い子になりましょう」

八重子はとても恥ずかしかった。別に褒めてもらうような事ではないのに、でも今日学校に来てよかった。当時は病気より命より辛抱し耐える事が何よりの美徳だった。

この年の六月に関門トンネルの下り線が開通した。

昭和十八年

戦争は激しくなり、「撃ちてし止まむ!!(國民皆兵)」というスローガンのもと、人々の顔から笑顔が消えていった。敵がいつ上陸するかも知れない。いやそれより先に空から爆撃されるだろう、と色々な噂が飛んだ。各自その為の備えに防空壕を掘らなければならない。我が長屋も向い合った中の一・五メートル位のせまい道の半分を掘り、上から土をかぶせて壕を作った。考えれば両側の家が燃えた時、壕の中で蒸し焼きもいいところだ。でもそこが唯一助命の

場所と信じ込むより術がないのだ。池の土手まで穴を掘っている。

防空演習も始まった。村には若い男の人はほとんど居なくなり、年寄り、女、細くてたよりなさそうなおじさん達、父は背が低くとても兵隊には行けない。江坂のおっちゃんも同じよう。秋野のおっちゃんは男前だが、スマートすぎて兵隊に行ったら足が折れるかも知れない。そんな男と残された女達で竹槍や縄で作った火たたきを持って演習をする。竹槍は上陸して攻めて来る敵を突き刺す。火たたきは焼夷弾《しょういだん》が落ちて火が付いたらたたき消す。今にしてみると、本当に笑っちゃいそうだけど真剣だった。


学徒動員。旧制中等学校以上の学生・生徒は軍需工場などに配置・動員された。

学童疎開。小学生は親元を離れ田舎で集団生活。

男が足りないから女がその代わりをしなければならなかった。

母のお腹がまた大きくなってきた。憲次四歳、亨子五歳、惣次郎一年生、宗一は三年生、八重子五年生。

三月終業式。毎年の通り学業の表彰が始まった。当然五年生で最高の賞と信じていた。品行方正学業優など。名前は呼ばれない。次は学業優など。これも呼ばれない。品行方正、一番最初に呼ばれた時、悔しさに手がふるえた。何故？　なんで？　二番目の賞でも意外だったのに、三番目だなんて。代表で賞状をもらいに登壇したが涙がにじんでくる。

「おかちゃん。うち、こんなのいらん」

賞状は八重子の悲しい気持ちをかき立てるような、うすっぺらな紙になっていた。去年までの立派な賞状ではなかった。紙までが戦争をしてる。そのうすっぺらな紙を破ろうとすると、

「何をする」

母がそれを取り上げる。

「そんな事したらあかん。褒美をもろて来たんやから、ええやないか」

なだめる母に八重子は、心の中で言った。

（おかちゃんに、うちの気持ちわかれへん。うち誰にも負けてへん。通信簿、そんなに悪いことない。それに一学期級長もしたんや）

何故あの賞に落ちたのか今もわからない。

昭和十八年四月。

また学校の名前が変わった　貝塚町が貝塚市になったのだ　貝塚南国民学校から貝塚市立南国民学校になる。

七月、六人目の真利子生まれる。

学校では四年生以上は松ヤニ取りに行ったり、出征兵士の留守宅へ農業の手伝いに行く。

時々警戒警報のサイレンが鳴るようになった。

ある日、けたたましい、サイレンの音と一緒にウォーンウォーンと何とも言えない音がして来た。誰かが「敵機やっ」と叫んだ。見ると晴れた空にくっきりと延びてくる飛行機雲。和泉山脈の向こうからキラキラと銀色に輝く敵の飛行機。みんな真っ青な顔をして道兼防空壕の中へ飛び込んだ。でも飛行機雲だけでは逃げなくてもよいことがわかった。大阪空襲に行ったのだ。それからは警報のサイレンがよく鳴った。もちろん夜はたった一つの電灯に黒い布をかぶせて、光が外に漏れないように、人の心と同じ、暗い暗い時代が続く。

三時限目、体操の時間。

「今日は、跳び箱をします。みんなで用意して」

先生の声に運動用具室から跳び箱が運び出される。三段位なら何とか飛べたんだが今日は五段。八重子は全く自信がない。前から順に走っていく。踏み込み台でトンと踏んで上手に跳び越える。八重子の番がきて走った、踏み込み台で止まる。跳び上がれない。

「何うしたん、もう一度」

先生が言う。元へもどってまた走る。トン。跳び上がったと思ったら跳び箱の上に馬のり。だって前に跳び越そうとすると、自分の手がじゃまになって跳び越せない。

「植田さん。何でも出来るのに何んで跳び箱出来ないの。後でけいこしておきなさい」

そりゃそうだ。やり直しばかりしていたら他の友達跳べないものね　結局跳び箱は跳べなかった。

二学期に入って間もなく、今日は六時間。最近は毎日昼の体育訓練がある。昼食を食べに家まで帰って来た。八重子はみんなと一緒に「そうごうき」に登って鬼ごっこをした。二メートル位の高さに縦横と柱が組み合わされ、それに竹棒が立てられ、竹のぼりをしたり色々体育の訓練に使われていたのだったが、もうかなり傷んでいるので使用は禁じられていた。しかし生徒達は遊び場として竹のぼりや鬼ごっこをして遊んだ。

この日も五、六人の女友達と一緒に柱の上を逃げ回って鬼ごっこをしていた。捕まりそうになると竹を伝って下へ一気に逃げるべきが、何故か八重子の掴んだ竹が折れていたから思いっ切り下へドスンと落ちたのだ。左足にズキンと痛みが走ったけれど、手と足にカスリ傷だけで何ともなく立つ事が出来た。みんなはびっくりして遊ぶのをやめた。ベルが鳴り合同行進が始まり級長をしている八重子はカスリ傷が痛むのを我慢して行進の先頭に立つ。

「高足行進!!」

先生の大きな声に一斉に足を高く上げて力一杯行進する。行進が終わるとそのまま教室に入り五、六時間の授業は裁縫だ。二時間椅子にかけたまま授業をすませ、さあ帰る事になって立ち上がろうとしたが立てない。左足が踏んばれない。何うしても足が痛いのと力が入らないのとでとうとう八重子は泣きべそをかいた。先生は驚いて、

「植田さん何うしたの」

「…………」

だまって泣いていた。

「あのな先生、昼、そうごうきから落ちたん」

一緒に遊んだ友達の一人が言った。ヤバイ。八重子は禁止されている所での遊びがばれたのが怖かった。でも足が動かない。先生は黙って職員室へ連れて行ってくれた。足は少しはれていた。

「大丈夫？　湿布薬貼っておくから家に帰ってお医者さんに連れて行ってもらいなさい」

一緒に付いて来た二、三人の友達に、

「誰か植田さんの家に行ってお母さんに迎えに来てくれるよう頼んで来てくれる！」

佳ちゃんが行くと言ってくれたけれど、

「うち、歩いて帰るから」

「歩けるの？」

先生は少し心配そうにされていたが、

「それじゃあ。堤へ帰る人、家まで一緒について行ってあげてね」

そこへ校長先生が入って来られて事の次第を聞くや、

「植田。君は級長をしているんだよ。みんなが遊んでもやめさせるのが当たり前なのに自分がケガをして伺うする。学校で禁じられているのを知っていたでしょう!!」

八重子は怖かった。校長先生に叱られるなんて、痛い涙が怖い涙に変わった。そうして両方から肩を貸してもらい、ゆっくりと、そう遠くはなかった家に長い時間かけて帰った。家に着くと友達が母に説明をしてくれた。

「おおきに。連れて帰ってくれたん、すまんなあ」

と礼を言う。八重子は医者に行けば金がかかる。第一、骨接ぎなんか岸和田まで行かなあかん。駅へ行くのも南海の二色の浜まで歩かなければ電車に乗れない。岸和田に着いても接骨院までかなりある。母は床屋の治さんに自転車で連れて行ってくれるよう頼んでくれた。脇川接骨院と言って有名な医院だ。初めて来た接骨院で八重子は何をされるかと怖かったが、かなり年配の先生が八重子の左足を触ったり押さえたりして、

「折れてはいないよ。ちょっとヒビが入っているだけ。固定して一月もすれば良くなる」

そう言って薬をぬり、板のような物と一緒に包帯を巻きつけた。一週ごとに診てもらうだけでよかったから治さんが自転車の後ろにのせて行ってくれた。この時ばかりは母親役はお休みだった。

翌日、半ばケンケンをしながら学校へ行ったが朝の朝礼に校長先生が、改めてそうごうきの禁止を全生徒に伝えたのは言うまでもない。

防空頭巾、救急袋、モンペ。それが学校へ行く姿。服はいつも母が古いセーターをほどいては編み直し配給で手に入ったわずかな毛糸や材料で何とか着せてもらった。寒い冬、友達が温かそうな布地のハーフコートを着ているのを見てとてもうらやましく思った。いつも毛糸のハーフコートなんだもの。でも文句は言えない。六人の子供に着せて食べさせて、母も大変だったろう。貧乏が身に付いた八重子には自分のわがままは通らないことは百も承知だ。

その頃母が人から金を借りている事に気が付いた。

「八重子。たばこ屋へ行って、たばこ買うて来て」

「うん」

雨が降っていた。たばこを買って帰ると母は真利子を背負って、

「お前も一緒に行こ」

「どこへ行くん」

「ついて来たらええ」

雨は少しやんで傘はいらなかったけれど、持って行くことにした。大きな番傘をさげて黙ってついて行く。村の中程まで行くと母は知らない家の戸を開けて中まで入った。そこには狡猾そうなじいさんが一人長火鉢の前で、煙管《キセル》をふかしていた。このじいさん、世間でよくばりと言われているじいさんだ。しかも金をごっそり持って人に高い利子で貸している人だ。

「またお前か」

じいさんが言う。

「今日は、わたいにと違ってこの子に貸してほしいんや」

「この子ってゆうてもまだ子供やないか。ほんで何ぼほしいんや。この前のもまだやで」

「すまんよ。じきに何とかするさかい頼むわ、三十円」

「しゃないな。ホレ」

「おおきに。これのんで」

とたばこを渡す。

「おい。そこへおいといて」

八重子は、母が自分をダシにしてこのじいさんから金を借りた。そして貧乏人で金のない者が金持ちの人に物を持っていって上手をする。この矛盾を、いやと言う程小さな胸に刻み込んだ。


戦争はますます激しくなっていく。米も配給になり玄米が多くなる。あまり黒いと炊いてもご飯がふくれないので、母屋のカラウス（唐臼）を借りて米つきをする。それも八重子の仕事だ。バケツに米五升入れて小さな肩にかつぎ、地蔵さんの前を曲がり、佳ちゃんちや、お寺の前を通り左に折れると母屋がある。母屋とは大好きなおじいの兄の家である。大きな旧家の軒先にカラウスがあり広くて重い引き戸を開けると左側に牛小屋がある。プーンと牛のくそと、飼葉のにおいが鼻をつく。

「カラウス貸して」

八重子は力一杯引き戸を開けると中に向って大きな声で叫ぶ。

「あーい」

返事を聞くと、庭にある篩《ふるい》を借りて納屋にある藁を十本持って来る。そしてバケツの米を臼の中に入れ、持って来た磨き砂を米の中へ入れると足でつくのである。一つ二つ三つ、百まで数えると、藁を一本別の所へ置く。千回踏めば大体白くなる。そうしたら篩に少しずつ米を入れて左右にゆすれば、ぬかが落ちて白くなった米だけをバケツに入れ、落としたぬかの掃除をし、篩を元の所に返す。

「おおきに」

と声をかけてまたバケツを肩に担《かつ》いで家に帰る。五升の米といっても七キロはある。バケツに入れるとかなり重い。当時八重子の身長一三三センチ、二六キロの体重。

憲次も大きくなって、おんぶする事もなくなっていたのに、また小さいのを産んでくれたから相変わらず背中に子供がいる。食べる物がますます少なくなり、秋には母屋へ稲刈りを手伝いに行ってはお礼に米をもらったり、ある時は江坂のおっちゃんに連れられて岸和田の作才《ざくざい》へ収穫の手伝いに行った。小さな子供なのであまり期待をしていなかったらしいが、一生懸命働く八重子の姿を見て、

「この子は、ええ百姓になるで」

と江坂のおっちゃんに言った。百姓なんかになる気は全くないよ。ただ米でも金でもくれさえすれば母が喜ぶ、それだけなのだ。一生懸命働けばたくさんくれるかも知れないから、大人に負けないようがんばっただけだよ。

宗一は栄養失調で、鳥目になり夜がくると目が見えなくなる。八重子の顔も青白く痩せている。学校の午後の授業はほとんど勤労奉仕が多くなった。

「植田さん、今日はもう家に帰ってよいわ」

先生がそっと耳元でささやいた。

「なんで」

「これから、田んぼへ勤労奉仕に行くから。あんたはいいから帰りなさい」

先生には、青くて痩せっぽちがかわいそうに見えたのだろうか？　本人は一向に苦しいとは思っていないのに。こんな事を度々繰り返し乍らも、世の中、どんどん敗戦の下り坂を滑りだしていた。

この四月、連合艦隊司令長官、海の神様とたたえられた山本五十六元帥が戦死。そしてアッツ島玉砕。

昭和十九年

小学校生活も最後に近づいてくる。卒業旅行の伊勢参りもすんだ。この年で伊勢修学旅行は最後で、空襲がひどくなり行けなくなる。

小学校最後の父兄会、いや懇談会の日が来た。初めて母が学校に来てくれた。真利子をおぶって順番を待つのだが、大声で泣きだしてやまない。一人終わって山下先生が廊下へ顔を出すと、

「スミマセン。赤ちゃんが泣くので代わってあげてくれませんか」

と先から待っている父兄の方に声をかけてくださった。

「どうぞ」

気持ち良く先をゆずってくれたので、

「えらいすみません」

母は教室の中に入った。背中の子を下ろして抱くと何とか泣きやんでくれた。

「お母さん。大変やろうけど、植田さんを岸女（岸和田高等女学校）へ行かせてやってくれませんか」

「いや、うちはこの子に働いてもらわんと。つまらんもんで」

校長先生も横から、

「おうちの方も大変なのはわかりますが、六年を通してよく出来るし、この子をこのまま土の中にうずめてしまうのはもったいないのでねえ」

「そんなに言うてくれても、うちには上の学校へやるお金もないし」

母はとても困った。六年間義務教育を済ませばヤレヤレ働いてくれたら家は助かる。それを一日千秋の思いで待っていたのだから。

「働いてお国の為に盡《つく》すのも結構。しかし、しっかりした教育を受けて教鞭をとるのもまた、お国の為。我々としては植田さんにその道を歩いてほしい」

母は黙っていた。我が子をそんな高度な角度から見たこともない。

「岸女が無理だったら、せめて高等小学校へ入れて二年間。その間におうちのほうが何とかなれば師範の二部を受けさせてやってくれませんか」

校長先生と山下先生の熱心な説得に母は、

「考えときますさかい」

結局物別れで帰ってしまった。

それから数日、八重子は先生に呼ばれた。

「植田さん。お母さん進学のこと、何か言ってましたか」

「いいえ」

「今から家に帰って聞いてきてちょうだい」

八重子は学校の裏門を出ると新池の土手を家に向って走った。

「おかちゃん」

「何や今頃」

「あのな、先生がな、学校何うするか聞いてきてって、言うてるん」

「そんなこというても、うちに銭もないのに、学校みたいなとこ行かれへんやろ」

何の進展もない母の言葉、そこへ用事に来た秋野のおばちゃん。

「八重子ちゃん何うしたん」

母が事の次第を話す。

「勉強よう出来るのにかわいそうやし、何とかしてあげられへんの？」

八重子はそのまま学校へ帰った。

「先生、あかんやて」

「そう」

また二、三日。たぶん願書の〆切が迫っていたのだろう。

「植田さんもう一回　お母さんに聞いてきて」

また池の土手を走る。治さんが家に来てた。

「何とかしてやれよ。岸女は無理でも『高小』位行かしちゃれよ」

「しゃないなあ。つまらんのに学校みたいなん行って、どないするんや」

ということで、かろうじて高等科へ行かせてもらう事になった。

「予習する人、放課後残るように」

先生に言われて何人かの人が教室に残った。入学試験の勉強だ。八重子も残った。高等科は入試なんかない。でも八重子はみんなと一緒に勉強したかった。

「植田さん、あんたは帰ってもいいんですよ」

先生が来られて言う。

「でも勉強したいから」

「大丈夫。植田さんなら、高等科へ行ってもきっと一番になれるから」

少々なぐさめの気持ちをこめてか、とても優しく言ってくれた。

「明日卒業写真を撮るから服装はちゃんとして来るように」

当時晴れ着などなく女の子はモンペ。八重子にはそのモンペも何やらすり切れたのが一枚だけ。

「おかちゃん、明日写真うつすんやて。モンペええのないかなあ」

「ばあに、借りちゃるから、それはいて行き」

その頃、シズヱ叔母は夫が戦死して子供もないので堤へ帰って来て、隣組六組の長屋で暮らしていた。細かい紺絣《がすり》のモンペは大人用だから大きいに決まっている。でも八重子はそれをはいて学校へ行った。だぶだぶの足元。腰のゴムを何回も折り曲げて。

とうとう卒業式、貝塚市制が敷かれて第一回目の卒業生である。昨年は悔しい思いをしたけれど今日は学年で六人。

『在学年間学業優等』で卒業した。賞状の紙は小さなうすっぺらだった

昭和十九年四月。

八重子はいよいよ高等小学校に入学。貝塚北町にある北国民学校の中に高等科がある。男女合わせて百六十名位。男子組が二組、女子組が二組で四組まで。八重子は一年四組で綾井先生。女の先生だ。授業始めは五科目のテストをした。発表の日、

「今日は先日のテストの発表をします」

先生は教壇の机の上にのせたテスト用紙を見乍ら、

「500点満点の中、480点は男の子で、470点は女の子でこの級に居ます」

先生の声に一瞬緊張した空気が流れた。

「その人は南校から来た植田さんです」

みんなは一斉に八重子の方を見た。八重子は嬉しさと恥ずかしさにほほが赤くなった。そして、山下先生の優しかったあの言葉が頭に浮かんだ。

『山下先生。うち、女の子の中で一番になったよ』

心の中で何回も叫んだ。以来級友の見る目が変わった。今まで南校から来た田舎のださい女の子が一躍、頭の良い子として輝き始めた。それは二学期の級長選挙ではっきりした。

高等科で級長。体育の時間には半ば先生の代理、整列、番号の号令、出欠何名の報告。小さな八重子が「コマネズミ」のようにテキパキと動く。背の高い順に並ぶのだから、背の高い細井さんとは二十センチ以上違う。何しろ一三四センチ、体重二六キロ。

八重子は少々算数が苦手なもので、人数の計算に苦労した。横列に並ばせて号令点呼。二人ずつ最後まで合っておれば掛ける2だ。半端になれば1を減じて級の人数から引くと欠席が出る。わずかな時間に暗算でやって報告だ。たぶん、間違った日もあったのだろう。

朝礼。みんなを縦二列に並ばせてから回れ右をして前を向くと先生が、

「植田さん、しんどいの？」

と訊く。

「いいえ」

「ならいいけど」

青白くやせた姿は見た目に病的に見えたのだろう。一日の授業がすんで、教室の掃除は、

「植田さんは教壇と黒板、先生の机だけ綺麗にしたら。他の人にちゃんと当番するよう指図しておいてください」

と言うことで、机を運んだり床拭きもしなくてよかった。

今日は二学期の父兄会だ。母は高等科になって初めて父兄会に来てくれた。相変わらず真利子を背負った母は多くの父兄の中で一段と目につく。授業は体育。例の通り横列に並ばせ、点呼、人数の報告、小さな八重子の体が規則正しく行動する。一番背の高い細井さん、前に立った八重子の頭の上で、

「わたし何でこんなチビの後ろに並ばなあかんのや」

本気とも冗談とも言えずつぶやいた。

その夜、

「八重子もう寝てしもた。そらあれだけ学校で動いたらくたぶれるで。八重子はなあ先生の代わりをやってるんやで」

母は父に話している。私は目は閉じていたが眠ってはいなかった。

「…………」

父は何も言わない。母は今日初めて学校で我が子の姿を見て少しは感動したのかな?

十一月三日、明治節（今の文化の日）。

朝から横なぐりの雨が降っていた。学校へ式に行く。

「秋の空すみ　菊の香高き」

『明治節』の唄の一節。その歌詞の通りこの日は毎年良い天気だった。

「みなさん。今、日本の国は大変な事態にさしかかっています。今日のお天気は何よりその事の暗示のように思えてなりません。アメリカやイギリスの軍隊が日本本土上陸をねらっています。空から空襲をして来るでしょう。我々は命をかけて国を守らなければなりません」

校長先生の言葉一つ一つに何とも言えない恐ろしさを感じた。不安が小さな胸一杯に広がっていった。

限りある人材、限りある資源。それに反比例して南へ南へ広げて行く戦場。一億総武装を唱え、わずか十六歳の少年飛行兵まで出来た。召集されていった清兄やんはニューギニアで戦死。そして高等科の生徒達も軍需工場へそれぞれ分担して働きに行く事になった。製鎖会社、製罐会社、紡績会社。級のみんな家から近い工場へと分散して行った。八重子は中村（今の麻生中）にある製罐に行く。担当の先生は浜田先生（お寺の娘さん）。北校ではベテラン教師。工場には、女学校の三、四年生のお姉さん達も学徒動員で来ていた。

戦いに勝つことだけを信じて、本や鉛筆を持つ手で弾の部品を検査した。一ヵ月二十八円五十銭の給金は郵便局の通帳に入れられるのである。

この年の十二月だったと思う。いつものように窓ぎわの明るい所で仕事をしていると機械のモーターの音にまじってミシミシと音がした。

「地震やっ」

誰かが叫んだ。すぐやむだろうと思っていたがやまない。不気味な揺れが続く。誰かがモーターのスイッチを切った。みんな表の広場へ飛び出した。五十人程の人が悲鳴を上げて足踏みをしている。じっと立っていられないのである。工場の煙突が今にも倒れて来るように大きく左右に揺れる。

「おかちゃん。おとろしいよー」

横隣の百姓家の土塀がドサッと音を立てて崩れ落ちた。そう長い時間ではなかったのだろうけれどこのまま地の底へ崩れ込んでいくように思えた。昭和東南海地震だと思う。

優しかった義一兄やんも兵役に召され南方への輸送船が敵に攻撃され、沈められた。清、義一、二人の叔父は二十歳代で名誉の戦死をしてしまった。自転車の後ろに乗せて医者へ連れてくれた床屋の治さんも、志願兵として征ってしまった。十九歳である。

警戒警報は出っぱなし、時には空襲警報になることもある。いつかの飛行機雲とウォーンウォーンのB29にもならされて、いちいち壕に飛び込まなくなった。

昭和二十年　終戦

今夜もまた空襲警報が鳴っている。ここのところ大阪の空が真っ赤に焼けることが多く翌日は必ず雨が降った。今夜も不気味な爆音と共に大阪の空が焼けている。明かりをとっぷり落とし暗がりの家の縁側から外を見る耳に入ってくる飛行機の音は、いつものB29でなく艦載機だ。暗い夜空に赤い火が落ちた。とたんにその火がいくつもの火に散らばって地上に落ちた、と思ったら下からパアッと火煙が上がる。ヒュルル……パッ。また火が上がる。貝塚の新地がほぼ全滅したのだ。

二月の寒い日。学校から急な連絡が入り、一年一組担当の田保《たんぼ》先生が亡くなったという。たしか脇浜の製鎖工場が先生の担当だ。そこで級代表一名ずつお葬式に行く事になった。当然八重子は四組代表だ。家に帰って服を着替えて来るように。一時、学校集合で嘉祥《かしょう》寺にある先生の家まで行くから、と言われ八重子は家に帰った。

「おかちゃん、あのな、田保先生が死んでな葬式に行かなあかん。服、着替えておいでっていわれたけど何着て行くん」

「そんなこというても、服それしかないのに……。ちょっとおいで」

そう言うと母は八重子を連れて　秋野さんちへ行った。

「高野さん。すまんけど絹ちゃんの服貸しちゃってくれへんけ。先生の葬式に行くってゆうけど、寒いさかい絹ちゃんのコート貸してやって。頼むわ」

「ええよ。でも絹子の方が小さいかもね」

妙ちゃんは八重子より一つ小さい。おばちゃんは可愛いコートを出して来てくれた。八重子はこんなコート着たことがない。一度着てみたかった。手を通してみると袖が短く下の服が出てくる。

「ちょっと小さいけど、これでええな」

母は決めつけるように言うと、

「すまんな　借りるわな」

とおばちゃんに言った。八重子は学校へ走った。たとえ借り着でも、袖が短くてもこんなええ服初めて着たのだから。


その頃、和歌山市内に住んでいた田口一家が空襲に遭って、命からがら逃げて来たので、土間の一隅に床を敷いて同居。重なり合い、ある物を分け合って生活をする。母は貧乏だけどお人好しだった。和歌山市内も貝塚と同じく焼夷弾に焼き尽くされたのだ。

田口の家に米《よね》ちゃんがいて、八重子と同い年。これから姉妹のような友達になる。おじい、おばあ、孝さん、ひろとし（真利子と同年）、米ちゃんを入れて五人。植田の家族八人と合わせて十三人がひしめいて、というよりみんな栄養失調でうごめいていた。

海水浴場だった二色の浜に高射砲が据えられ、艦載機やB29を撃ち落とすつもり。白昼の空襲でドカンドカンと敵機めがけて撃つのを池の土手に上がって見たものだ。

「あっ当たった、落ちていく……」

青い空に高射砲から発射される白い煙。キラキラ光る敵機？　日本にはその飛行機を空で迎え撃つ飛行機はすでになくなっていたのだ。

三月、硫黄島玉砕し、戦艦「大和」撃沈。四月、沖縄に米軍上陸。六月、ひめゆり部隊自決。八月六日、広島に原爆落とされる。翌日の新聞を床屋で見た。電車のつり革につかまったまま死んでいる人、手足の皮膚がストッキングを半分ぬいでぶらさげているよう。焼け野をさまよう生存者の傷だらけの姿、川の中の累々とした死体の山。十四歳の八重子の胸には一体何が起きているのかわからなかった。やがて自分達の上にも、きっとこの現実が来る。こうなるともう我が家の貧乏など問題外である。男前で折れそうな足をしたスマートな秋野のおっちゃんも召集令状が来て出征してしまった。

八重子は毎日休まず工場へ通う。二年生になって、高等科から一名、女学校から一名、事務所に入る事になり選ばれた八重子は現場事務所の中に一台、一人前の机をもらって働くことになったのだが、まだまだ子供、何をすればよいのか全くわからない。上司の小間使い？　直接の上司は岸本さんといって、同級生の忍ちゃんのお父さんだ。岸本さんは娘と同年の八重子に何かと優しく教えてくれた。主として八重子の仕事は警報が出ると倉庫からバケツや火たたきを出して、万一の火災に役立つよう用意をすることである。しかし、警報が出ると低学年は家に帰らせるよう指示がされている。この日も警報が出た。八重子は友達が帰るのをうらめしく見ていた。倉庫の鍵を預かっているから帰れないのである。そこへ担任の先生が顔を出して、

「植田さん　まだ帰れないの？」

「う……ん」

返事に困っていると、岸本さん、

「植田、帰りたいか」

「ハイ」

即座に答えると、

「火たたきやバケツを出して用意をして帰るといいよ」

八重子は大喜びで用意をすると鍵を机の中にしまいこんで先生と一緒に工場を出た。空襲警報のサイレンが慌ただしく鳴っている。先生も八重子も防空頭巾をしっかりかぶり救急袋をななめに下げて道を急いだ。同じ堤まで帰るのだから心丈夫だ。石才の踏切を渡り少し歩くと左側に松林がある。そこへさしかかった時、頭の上をブーンと艦載機が一機通り過ぎた途端、パパパパッパン。二人は松林の横にある小さなどぶに転がりこんだ。じっと腹ばいになったまましばらく動けなかった。あとでわかったのだけど、自分達が狙われたのではなく少し離れた民

家の軒先に穴を開けたそうな。

八月六日、広島に原爆投下。

八月九日、長崎に原爆投下。

そして。


八月十五日。

「今日お昼に重大な放送が『ラジオ』であるからみんな聞くように」

隣組の組長さんから連絡があり、十二時みんな床屋へ集った。ラジオのあるのは床屋だけだから。いつものラジオニュースではまず軍艦マーチ。タタラッタタララッタタラララン。「大本営発表」で始まる。しかし今日は違う。重々しく響く声。天皇陛下のお声である。

「朕深く世界の大勢と帝国の現状とに鑑み……」

大人はみんなひざまずいてそして泣いた。

「戦争は終わったんや」

「戦争に負けたんや」

「これから何うなるんや」

泣き乍ら、口々につぶやいていた。長い苦しい戦争は今、終わったけれど敗れた経験のない国民に敗戦のその後を知るよしもなかった。

もう工場へ行くことはない。これから何うする？　学校は？　八月中、家で待機することになり、連絡を待つ。

二軒隣の西出のおばちゃん。おっちゃんが名誉の戦死をしてから十歳の孝ちゃんと二人で暮らしていたが、終戦間もなく子供と九州の宮崎へ帰った。いつも母と夜なべして仲良しだったのに、その後の空き家に田口の一家が引っ越し、家は少し静かになった。それから間もなく健太郎兄が復員して帰って来た。四人息子の中でただ一人帰って来たのだから、おじいの気持は何んなにか嬉しかったろう。

学校から十ヵ月あまりの工場勤めの給金が入った。貯金通帳を一人一人に返してくれた。これからもこの通帳に貯金をして行くようにと言って八重子は母にそれを渡した。生まれて初めて見た通帳だった。何の声も音もなくすぐなくなっていたけれど。


とにかく九月から新学期が始まった。学校で勉強が出来るのである。英語の科目が増えてＡＢＣを習うらしい。早速教室では二学期の級長選挙をする。八重子最多数で級長になる。だが習う教科書がない。今までの戦時一色の教材は使えない。そこで墨を用意して戦争に関係したすべての部分をぬりつぶすのである。

家ではもう灯火管制はしなくてもよい。堂々と灯りをつけていても敵に見つかる事はないのである。夜の村は明るくなったけれど、世の中に働く仕事がなくなってしまった。何をしていいのかわからないのだ。父も長年通っていた製鋼工場が止まってしまったから仕事がない。衣類がない。食料がない。もちろん我が家には金もない。やっぱりあるのは子供だけ。

当時シズヱ叔母は再婚して塔筋となり、作治郎おっちゃんは土木事業をしていた。この時代のトップ事業だったろう。毎日夜昼をかけて大阪の街、焼け野原となった街の復興になくてはならない仕事である。父にも手伝いをするよう言ってくれ、しばらく働いたようだが父の体ではついていけなかったのだろう。健太郎叔父は縄屋のかたわら、ヘアピンを作る事に手を出し、この間まで田口の一家が住んでいた場所を仕事場にしてやり始めた。米ちゃんがそこで働くと言う。同い年だから当然まだ学校なんだけど、焼け出されてからそのまま学校へ行っていない。

「八重子。お前も米ちゃんと一緒に健太郎兄やんのピン工場で仕事をしい」

母は言う。

「学校何うするん？」

八重子は学校を辞めるなどイヤだと思った。

「学校みたいなん、米ちゃんも行ってないやないか」

「そやかて、うち級長してるのに……」

「そいでも、お前に働いてもらわんと、おとっつぁんの仕事もないし、食うていかれへん」

八重子は母の悲しい顔は見たくなかった。そこへ叔父が来て、

「八重子、月二百円やるから米子と一緒にピンの仕事をしてくれ」

「嫌や、うち学校辞めたいことないもん」

「女が学校へ行って、どないすんや」

「これから英語も習ういうてるもん」

「お前英語みたいなもん習うて何になるんや。それより二百円儲けておかちゃんを助けちゃれ」

自分が学校を諦めたら母が助かる。そう言われると八重子にはそれ以上学校へ行くとは言えなかった。小学校卒業で働く運命にあった自分だ。今まで延びただけ。そう思うと少し楽になった。「勉強したい」と行かせてもらった高等科だったけれど、戦争の為工場へ行かされ、今やっと学校へ帰ったと思ったら退学である。

仕事を始めて二、三日。

「ごめんください」

家には似つかない上品な声で誰かが来た。母が出る。

「こんにちは。私北校の岩橋です」

「まあまあお忙しいのに」

母はいつになく、よそいきの声を出している。八重子はピンを持つ手が震えた。恥ずかしい

のと何故か先生に逢うのが怖かった。

「八重子さん、ここのところお休みなので体の具合でも悪いのかと思って」

「いえいえそんなんじゃなく、うちはもうあの子に働いてもらおうと思いまして」

「ええっ？　働くってお母さん。八重子さんは、勉強の出来る子で今も級長をしてもらっているんですよ。学校を辞めさせるなんて……」

「でも。もう働いているし……。すいませんがどうぞ辞めさせてください」

「そうですか。一度八重子さんに逢わせてください」

首をすっ込めて、うつむいていた八重子の目に涙がいっぱいたまっていた。

「八重子、先生が来てくれてるからちょっとおいで」

母に呼ばれて出て行った。

「植田さん、お休みだから、心配になって来たの。学校辞めるそうね」

「……」

「あなた、それでいいの？　このまま学校を辞めていいの……」

先生は八重子の顔をのぞき込むようにして聞いた。

（嫌や、学校へ行きたい）

八重子はそう叫びたかった。先生の胸に飛び込みたかった。この三日間母の為にと思って諦めてピンの仕事をして来たが、今また学校へのあこがれが胸につき上げて思わず声を出して泣いてしまった。

　雪に耐え　嵐に耐えし　のちにこそ
　　松の位も　高く見えけれ

北校の校歌。今日を以って八重子の学生生活は終わってしまった。

終戦。敵の飛行機は来なくなったが、みんなの顔は暗く、食糧難、物資難の波は容赦なく襲って来た。父は何をしているのか朝早くから出かけては夜遅く帰って来る。母は父の顔を見るとブツクサぼやいている。

「八重子これ食い」

そういうと母は大きなスルメを一枚丸ごと八重子にさし出した。母の手には、スルメの束があった。宗一、惣次郎と束から一枚ずつ剥がしては与えるのである。

「何をするんや」

父は横からそのスルメの束を取りに来る。

「おとっつぁんはなァ、腹へらしてる子に食わそうともせんと、こんなもん隠していたんや」

母は半ば狂ったように言う。

「そうと違う。それは売りに行くんや」

「こんなもん何処へ売りに行くちゅうんや」

父と母の争いに八重子は茫然と立ちすくんでいた。弟達は嬉しそうに生のスルメをちぎって食べている。母の見幕に口の重い父は黙って、そのまま出て行ってしまった。

そして二日後、よれよれになった父が帰って来た。何処で野宿をして来たのか、シラミをいっぱい湧かせていた。当時はみんなノミやシラミに悩まされていたが、それにしても汚い格好である。また母との争いが始まる。

その後幾日もせず父は発熱し湿疹が出て来た。田村医院の先生に往診をしてもらうと、診察するやいなやすぐ貝塚病院へ連絡し即入院となる。天然痘だ。残された家族は、市の方から家中消毒され、父は病院の隔離病棟に入れられてしまった。その頃の病院は今のような給食制度もなく、毎日家から食事を運ばなければならないのである。家中のテンヤワンヤは想像を絶する。恐らくシズヱ叔母や親類の人々にもお世話になったのだろうと思う。

そんな中で母も倒れてしまった。肋膜炎とか。家で一ヵ月、貝塚の街から田村先生に往診してもらっての静養生活。十四歳の八重子は、母の代わりどころか母親である。毎日おかゆを作っては大きな鍋に入れて貝塚病院まで運ばなければいけない。家には宗一（六年）。学校は休んでいても何も言って来ない。惣次郎（四年）、亨子（一年）、憲次（六歳）、真利子（二歳）。病院通いは宗一と惣次郎に役目は回る。

ある日いつものように鍋を持って行く。途中で転んでおかゆを全部ひっくり返し泣いて帰って来た事もあった。この頃、貝塚の町まで出るには堤から石才まで歩いて、水間鉄道で貝塚まで行かなければならなかった。体の小さい二人に父の一日分のおかゆは重かっただろう。八重子は、田村先生が母の往診を済ませて帰ると、医院まで薬を取りに行くのである。真利子を背負うと、破れて綿の出たネンネコを着て石才の駅から電車に乗る。貝塚駅から十分ばかりの所に田村医院がある。午後三時過ぎ、感田神社の前を通り旧国道に出るまでにある辻を右に折れると三ヵ月前まで毎日通った学校がある。思い出し乍ら歩いて行くと前から三人、学校帰りの生徒。

「やあ、植田さん」

「何うしたん」

「何で学校へ来えへん」

口々に言い乍ら寄って来た。

「田村先生の所へ薬もらいに行くんやし」

「お母ちゃん病気？　大変やな……」

八重子は破れたネンネコが恥ずかしく、早々に別れを告げて足早に田村医院へ向った。真利子は背中でよく眠っている。

父が入院して一ヵ月ばかり過ぎ、もう少しで退院出来るという頃、医師の許可も受けずに病院を出て来たらしく、おじいの家に立ち寄った。

「お前、今頃帰って来たらあかんやないか。うちへいんでも、おもとも病気やし、子供にうつってもあかん。早う病院へ帰れ」

おじいに説得されてまたそのまま病院へ帰って行った。それから十日ばかり、母も床上げの日が近く何となく希望がさしてきたかに見えた。


「八重子。ちょっとおじいの所へおいで」

シズヱ叔母が母に聞こえないように言った。八重子はまた真利子を背負うとおじいの家に急いだ。おじいは床の中に横たわっていた。その顔を見て八重子はびっくりした。いつもの顔の倍にはれ上がった真っ赤な顔。

「おじい何ないしたん」

八重子は枕元に座った。

「八重子よ。お前は苦労するなあ」

おじいは小さな声で言った。しばらくしてまた、

「おかちゃんに親孝行してくれよ」

「うん」

これが大好きなおじいと八重子の最後の語らいであった。翌日おじいは病院から迎えの車が来て連れて行かれたけれど、車の中で死んでしまった。天然痘が内攻して急死したのである。おじいは、八重子達姉弟の父や母に代わって死んだ。それから間もなく母は床上げをし父も退院した。

働く

ヘアピンの製造をする叔父が機械を使って、米ちゃんと八重子が仕上げをする。箱につめる。中でもピンの数を数えるのが面白かった。片方に百本のピンを入れ片方に出来上がったピンを入れて天秤が水平になれば百本である。学校を諦めた八重子も何とか仕事に慣れてきた。

「米子、八重子、お前ら二人で明日高野の橋本までピンを持って行ってくれるか」

健太郎叔父は自分が行けないので二人に頼んだ。いくら和歌山育ちとは言え、市内で育った米ちゃんも高野《こうや》の橋本は初めてだ。

「阪和線の三国ヶ丘で高野線に乗り換えて橋本まで行き、あとはこの地図を見て行くとええ」

何はともあれ行く事になったのだが、さて着て行く服は？　八重子は前日になってまた困ってしまった。仕方がないから、母が布団の敷布が使えなくなった物を良い所を取ってピンクに染めたつもりが、紫とも何ともいえない色に染めて、秋野のおばちゃんにコートらしく縫ってもらった上着を着て行く事にした。今度は、履いて行く靴である。米ちゃんはいつも自分に合った服や靴がある。八重子には毎日生活するギリギリの物しかない。

「兄やん靴ないよって何うしよう」

「靴か。下駄履いて行くわけにいかんのう」

そう言うと自分の下駄箱からズック靴を二足出してきた。大きな男物の靴である。

「これ履いて行くか？」

「ええっ？」

「下駄よりましやろが」

健太郎叔父は、バリバリの軍人だった。体もガッチリ大きい。八重子は細くて小さいのである。それがこの靴を履いて歩いたら靴だけが歩いているよう。まるでミッキーマウスだ。でも八重子は白い小さく見える方の靴を履いて行くことにした。

当日二人は重い荷物を一つずつ持って高野の橋本へ行った。高野線の電車の中で座る所がなく当時の電車は入口が一段低くなっていた。その低い所へゲェゲェ吐いている米ちゃんを何うしてやることも出来ずオロオロしていた。その時にはもう自分がミッキーマウスである靴の事など忘れていた。

あの頃はよく母が鍋に染め粉を入れて古い布を入れて炊き、染めては再生して子供達に着せていた。

年は明け八重子はせっせとピンの仕事を手伝い、宗一は学校へ行かずに作治郎おっちゃんと大阪へ仕事に行く。小さくて大人の脇まであるかなしの体に、弁当袋を横に掛け殺人電車に乗って毎日大阪の街まで手伝い仕事に行くのである。荒らくれ男にまじって小さな「キィやん」は人気者だった。六人姉弟の中、二人が小さな手で何とか稼ぎ出し、家計の助けをするようになった。しかし父の仕事がうまくいかず、いつも夫婦ゲンカをしている。そして父は家を出たまま帰って来なくなってしまった。

泥沼に落ち込んだ一家は、もがけばもがく程深みに落ちていく。それでなくても暗い時勢に仕事など手につくはずもなく、空ろな日々が流れて行く。そんな父の悩みを知らず、八重子は他家のおっちゃんのように一生懸命働いてくれない父を恨んだ。そんな父ならいらないとさえ思った。もろく音を立ててくずれていく「家族」は風呂敷包み一つで父の家出につながっていったのだ。残された姉弟にとって、いつ明るい日が来るのか全く目途の立たないどん底生活が続く。

淋しく空ろな毎日は父も同じ、何処へ行っても思うように仕事もなく、二ヵ月の月日が流れた。寝ても覚めても家に残して来た我が子の事が思い出され、捨てて出て来た自責の念にもう矢も楯もたまらず家に帰ろうと電車に乗った。家を出た時と同じ風呂敷包み一つを持って。しかし、その中には二ヵ月間ひろい仕事をしてたくわえた僅かだが家に持って帰る金が入っている。父はうとうとして、何れ程の時間が経っただろう、轟々と鉄橋を渡る音にハッと目を覚ました。父は膝の上にのせていた風呂敷包みのないのに気がついた。

「シマッタ！」

思った時はもう遅い。あの中には金はもちろん米穀配給通帳まで入っているのだ。それがなければ米の配給すら受けられないのである。

梅田の駅でベンチにくずれるように腰を下ろした父は途方に暮れた。交番に届けても何処まで信じてくれるかわからない。当時、浮浪者の万といる駅かいわいで父の姿は全くそれと同じなのだ。

「折角子供の顔が見れると思ったのに何でや、なんで。荷物を返してくれ……」

涙がこぼれ落ち、夜の街をただただ夢遊病者の如くさまよった。

秋野のおっちゃんも復員し床屋の治さんも帰って来た。家を出た父は行方不明のまま、また冬がやって来る。シズヱ叔母が母の長持ちを運んで行く。母が叔母から金を借りた代償である。朝から晩まで食べる事と子供の面倒で手一杯、働く事の出来ない母に、小さな二人の子供の儲けは何程の足しになるやら貧乏は膨れ上がるばかり。昭和二十二年の四月、新制中学校が出来ると六三三の学校教育のうち、小学校六年、中学校三年は義務教育となったが、宗一はそのまま中学には行かなかった。

『合名会社　石田金属工業所』

かつて八重子の家の片隅で始めたピンの仕事を、王子の金末さんと共同で縄工場を改造して作った会社の名前である。その中で十名ばかりの男女が働いている。毎日毎日うだるような暑い夏の日、

「暑いなぁ」

「たまらんなぁ。三時の休みに氷でも買いに行くけ……」

「うん。そうしようか」

「早う三時にならんかなァ……」

口々にたわいなくしゃべり乍ら手を動かしている。そこへ工場の休憩時間に合わせるように、

「チリチリンチリチリン」

と涼しそうなリンの音を立て乍らキャンディ売りが来た。三時のベルが鳴ると我勝ちに買い

に出る。八重子はそっと家の方へ向った。貧しい一家の柱となって行かなければならない為、三度に一度もみんなと一緒に買い食いは出来ない。暑さに渇き切った口をじっと我慢して裏口から出て来た。三分も歩けば家に着く。この日八重子を待っていたのは二ヵ月前に家を出た父である。懐かしいはずの父の姿を見ると、無性に悲しくそして恨めしく体が震えた。着のみ着のままの父の姿はそれ程みじめだった。一本のキャンディも口にする事の出来ない娘の気持ちは父への恨みに変わった。

「おとっつぁん、何で帰って来たん。二月前今度帰って来る時は、みんなを幸せにしてくれるって言うたんと違う？」

八重子は泣き乍ら父に迫った。母や自分達を不幸にしているのは父とばかり思ったのだ。

「そうか。やっぱり帰ってこん方がよかったんか。わかった。じき出て行くから。おとっつぁんはな……荷物盗られてしもたさかい」

普段から口の重い父は上手に言い訳が出来ない。

「ほな行くわ。みな元気でな……」

父は立ち上がって八重子の顔を見た。何か言おうとしてやめた。とぼとぼと出て行く姿を八重子は見ることが出来なかった。貧しくても家庭があり子供もあるのに、そこに住む事も出来ず孤独に泣き乍ら流されて行く父を、何うしようもない気持ちで送らなければならなかった。

(おとっつあーん!!)

大声で後ろ姿に抱きつきたかった。わずか数分の父と娘の逢う瀬。今度はいつ逢えるかも知れないのに、貧苦に闘い疲れた一家の借財はつのり、闇とインフレの嵐は容赦なく襲ってくる。

一枚のハガキ、家に郵便など来る事はなかったがハガキが届いた。字の読めない母に代わって見ると父からである。

『長い間、便りも出さずにすまんと思っている　とにかく元気でいるから安心する様に

神戸市葺合区長田町丸山　平松履物店』

家を出てから六ヵ月、父の消息がわかったのだ。冬、貧しい者に無情に吹きつける風の音。破れ障子を揺らし乍ら行きすぎる。そんな一家に一筋の光が見えたように思えた。

「待って治さん」

「いやだ。離せ、離せよ」

「治さん、あんたは……、頼むさかいにもう一ぺん座って」

「座って何ないすんや。もう用はない。帰るよ」

「いいや用あるんや」

八重子は目を覚ますと一瞬息がつまりそうになった。はじめは夢の中でその声を聞き、夜嵐の音を聞いていた。だのに夢でなく母と治さんの声だ。胸の鼓動が激しく鳴り、息遣いが苦しくなった。じっとこらえて全身を耳にして自分が起きている事を悟られまいと必死になった。

「八重子はあんたと一緒になるものと思っているのに、それやのに……」

母は泣いている。八重子は母の言葉が信じられなかった。治さんと自分が？　そんなこと今の今まで知らなかった。十五歳の八重子にすべてを理解せよとは無理だ。八重子は布団の中に顔をうずめたまま父のことを思った。あの日あんなにつれなく別れた父、淋しそうに家を出て行った父。

（おとっつぁん、かんにんな。うち何も知らんかった）

そう思うと、たまらなく父に逢いたくなった。

（おとっつぁん、悪いけどうちはおかちゃんも恨むこと出来へんのや。おとっつぁんも許してやって）

心の中で祈るように父へ思いを馳せた。八重子はたまらなく悲しくなった。今まで母を信じ母の言い付けは絶対のものとして背いた事はなかった。母を愛し、母の為なら何んな事でもした。それだけに、その母の不義がわかっても一途に母を責める事が出来ない。とうとう朝まで一睡も出来なかった。

翌日何食わぬ顔をして起きた八重子はいつもと変わらぬ態度で母に接した。しかし沈んでいく気持ちは何うにも出来ない。この日から八重子は母に秘した辛苦の愛憎に耐えねばならなかった。

その頃、叔父健太郎の事業もうまく行かず、八重子は家計の苦しさもあり転々と仕事を替えていった。

「おかちゃん。うち、おとっつぁんを捜して逢って来る」

母に言った。この間のハガキで何とか父の居所がわかったのだから。

「そんなこと言うても、神戸は遠いし、第一その下駄屋さんを探すの何ないするんや」

「そら、神戸なんて生まれて初めてやし、電車にだって乗ることなかったけど、誰かに聞きもって行くから」

「それでもな、こんな物騒な世の中や。まして知らん土地へ若い娘が一人で行って、もしもの事があったらどないするんや」

「大丈夫や、しっかり行くさかい。行かして」

「そんなに言うんやったら健太郎兄いに聞いて来よう」

八重子は母を口説き、叔父を説得して父を尋ねることになった。

三月とは言えまだまだ寒く、その日は雪でも降るかと思う程冷たかった。母はオーバーコートと靴を米ちゃんに借りてくれた。生まれて初めての一人旅。三時間余りの電車を降りたのは

ＪＲ三ノ宮。見知らぬ街に出てはみたものの西も東もわからない。ピューッと吹きつける冷たい風にやっぱり雪が交じってきた。

「あのー、葺合区の旭変電所はどの辺ですか」

「さあ、葺合区なんてこの辺にないよ」

「そうですか。でも……三ノ宮で降りてすぐと聞いて来たんですけど」

「あたしだって、はっきり知らんのです。まあその辺で聞いたら……」

つれなく言うとさっさと行き過ぎてしまった。誰に聞くあてもなく交番を探した。

『わからんことはない。きっと見つかる。頑張って探そう』

自分で自分を励ましてやっと目指す旭変電所を見つけた時は、かれこれ三時近かった。そこまで行くと、平松履物店はすぐ見つかった。

「こんにちは」

玄関に立つと八重子はすぐにでも父に逢えると思い胸がドキドキした。

「ハーイ」

出て来たのは五十がらみのおばさん。

「あのー、わたし植田楠太郎の娘です。父がお宅にお世話になっているとハガキが来たので……父は居りますか？」

八重子は父のハガキを見せた

「ああ、あんたが植田さんの娘さん？」

おばさんが八重子の頭のてっぺんから足のつま先まで見ると言った。

「ええ娘さんがあるのにねぇー。まああええ服を着て、お父さんはなあ、気の毒やで……。ああ、そうそうちょうど今日は仕事休みでいるわ。ちょっと掛けて待っててね」

そう言って奥に入って行った。八重子は履物で雑然とした店の上り框《がまち》に腰を下した。足元からじんじんと冷えてくる。今しがたおばさんが言った「良い服」とは借り着なのに「お父さんは気の毒」、そんな言葉が頭の中でくるくると回っていた。

しばらく経ってよれよれの国民服を着た父が来た。

「おお」

「おとっつぁん」

二人は何も言えなかった。八重子は物を言えば泣けそうになった。

「植田さんも、こんないい娘さんがあるのに何うしてまた家を出て来たんかねえ……」

じっと父娘を眺めていた履物屋の夫婦はうなずき合った。八重子はこの言葉に母と真利子の顔が重なって痛くなる程胸をつかれた。

「お前、昼飯は？」

「まだ」

「もう三時過ぎてんのに腹減ったやろ。なんど食いに行こか」

「あのな、おかちゃんが、食うとこなかったらあかんいうて弁当こしらえてくれた」

「そうか、ほな茶もらってやるからここで食うか」

「うん」

八重子は朝、母が精一杯はりこんで作ってくれた弁当を開いた。そして弁当箱の蓋へ半分入れると父の前にさし出した。父はそれを黙って食べた。

「ねえ娘さん。お父さんは気の毒な人じゃ。この寒いのに温かい服もないし、食べ物もろくな物ない。あんたなんかまだまだええオーバーを着て幸せじゃ」

おばさんには何もわからない。泥まみれの家のこと、借りてきたオーバーも靴も、八重子は苦しい程唇をかんだ。

父は三ノ宮まで送ってくれた。ガード下の汚らしい店に入ると豚汁を二人前注文し二人でそれをすすった。湯気が顔にかぶさって温かく、父と一緒に居ることの実感をしみじみ味わった。駅前で別れる時、父は八百円ボロ布に包んでくれた。八重子はそれをしっかりポケットに入れ、手で押さえて電車に乗った。毎月なにがしかを取りに来るよう約束してくれた。

冬の日は暮れるのが早い。かれこれ五時過ぎ。今から三時間余りかかって、家に着くのは九時頃だ。でも八重子は行く時より心は軽く明るかった。

家では暗くなっても帰って来ない八重子を待って、母は駅と家とをお百度踏み、叔父叔母から、

「なんぼ八重子が行くいうてもまだ子供やないか。しかも一人で遠い神戸くんだりまでやるやなんて」

と責められては後悔し、ただただ帰りを祈ったそうな。

その後、月に一度神戸までお金をもらいに父の元へ行くのが八重子の務めとなった。

八重子の収入、宗一の収入、父からの何某かで生活は少しずつ明るくなっていった。でも食糧難は前よりひどくなってきた。子供達が大きくなるだけ食べる量も増えてくる。闇の食糧を買う金はない。

さつまいもの買い出し

「八重子。床屋のおっちゃんが和歌山へ芋の買い出しに行くってゆうから、お前も連れていってもらい」

母に言われて八重子は初めてさつまいもの買い出しに行くことになった。

和泉橋本駅から和歌山まで、和歌山から和歌山線で岩出まで、人の噂だけを頼りに買い出しに来たものだからまるきし要領がわからない。駅を出て田舎道を当てもなく行くとある百姓家の前に芋が筵《むしろ》の上にコロコロしている。二人はその家に声をかけた。

「こんにちは」

「この芋、分けてくれませんか」

中から百姓の夫婦が出て来て、

「ええよ、なんぼでも買うてもらうわよ」

気前良く返事をしてくれたので二人は嬉しくて、五貫目（約19キログラム）ずつ秤《はかり》で量ってもらいリュックに入れた。子供の頭程もある大きな芋だ。二人は、

「よかったな」

互いに顔を見合わせ乍ら重いリュックを背負った。八重子は子供を背負う事には慣れていたけれどリュックの芋は少々重かった。和歌山線の岩出の駅には同じような買い出しの人が大勢電車を待っていた。

「今日は張り込みがなくてよかったね」

「昨日はみんな荷物を取り上げられたそうだよ」

闇の取り締まりで各駅にお巡りさんがいて、折角買って来た食糧を取り上げてしまうという。

「そんなバカなこと、お金は何うなるん？」

八重子は心配になった。岩出の駅は通っても和歌山の駅で張っているかも知れない。

汽車が来てみんな我先に乗ろうとするが、すでに遠くから乗っている人がいっぱいで客車に

はいくら押し込んでも入らない。人だけならいいが大事な荷物がある。

「オーイ、貨車の方に乗せてくれるらしいよー」

誰かの声がした。二人は客車の位置から貨車の方へ走った。かろうじて貨車の箱の中に押し込んでもらった。背中のリュックを下ろし足元に置いて少し楽になった。ガタゴトガタゴトよく揺れる。窓はない電灯もない。それでも和歌山の駅に向って走っているのである。和歌山駅に着いた時はもう日が暮れていた。ホームには岩出の駅の何十倍の人があふれていた。みんな米、芋、みかん、様々の食糧の買い出し人だ。家で食べる買い出しならまだ可愛い、闇を商売にしている人もたくさんいる。

(わあーこんなにようけの人、みんな電車に乗れるんかなあ)

八重子は少々不安になってきた。やがて天王寺行きの電車が入りホームの人達が騒々しく動きだしたと思えば、我先にと入口に殺到した。八重子は大きなリュックが人に行き当たって、中々思うように動けない。おっちゃんとはぐれたら大変だ。一人でこんな所へ置いて行かれたら何うしよう……。無我夢中で窓から入り込む男。後ろから押し込む駅員。

「アアッ、おっちゃん」

床屋のおっちゃんが電車に乗った。電車は八重子の目の前でドアを閉めると静かにホームをすべり出した。不安は的中。八重子は一人残されてしまった。他にもたくさん取り残されたけれど……。

八重子は、次に入って来た天王寺行きの電車に押し込んでもらった。

大変な思いをして買って来た五貫目の芋は水っぽくまずかった。それでも大勢の家族ではすぐ食べてしまった。


「八重子、今日は徳与茂《とくよも》（家の家号）のちーちゃんと」

「明日は住田のおばちゃんと……」

「今度は……」

相手変われど主変わらず。同じ五貫目でも家族の数が変われば減るのもちがう。電車代はいるけれど和歌山へ行けば芋が安く買える。それに堤では売ってくれる人もない。八重子は芋の買い出しにも慣れてきた。一週に一度の休日はすべて芋の買い出しの日である。

今日も和泉橋本一番電車で住田のおばちゃんと二人少し足を延ばして打田まで来た。汽車の切符は二日間通用する。今日渡さなければ明日もう一度使える。汽車を降りると二人は改札口とは反対の方へ小走りに行く。ホームの端をピョンと線路の上に飛び下りた。おばちゃんの後から八重子もピョンと飛び下りた。ホームの上を駅員がこっちへ向って走ってくる。

「オーイ、何処へ行く?」

「ああ、あのな、ちょっとしょんべんすたいがら、すますたら行ぐがら」

住田のおばちゃんは秋田なまりで大声を出し乍ら走って行く。

「改札はこっちだよ」

「わがってんだ」

八重子は胸をドキドキさせ乍らおばちゃんの後について走った。駅員は追いかけてこない。やっとの思いで道に出ると反対側にみかん畑があった。大きなみかんの実が見事に朝の光に輝いていた。おばちゃんはみかんの木の根元に気持ち良さそうに小便をした。そしてみかんをつかむと二つ三つもぎ取って袋に入れた。八重子も三つ頂くと袋を出し中に入れどんどん坂道を上って行った。何食わぬ顔で百姓家に寄って芋を買ったけれど、もう打田の駅へはもどれない。何としても次の駅まで歩かねばならない。次の駅へは小さな山を一つ越えていかねばならない。仕方ない二人は山道を歩きだした。少々お腹もすいてきた。みかんを一つむいて食べることにする。たまらなく甘ずっぱい何ともいえぬおいしさ、空腹に沁み込んでいく。

山の峠についた。そこに一軒の家がある。こんな所にも人が住んでいるのかと思い乍ら二人はそこで買って来た芋を少し蒸してもらう事にしお願いをすると、

「ええわよ」

と気持ち良く返事をすると、二人が渡した芋を外の水溜めらしい池で洗うと切って火にかけた。蒸し鍋ではなく普通の鍋に水を入れて、その中に芋を入れて炊いている。この際何うでもよかったけれど、しばらくしてザルに入れて持って来てくれた。食べようと二人は芋を取り上げて顔を見合わせた、ザルのホコリとゴミが芋にべったり。それでも二人はホコリをはらい乍

ら夢中で食べた。腹ごしらえが出来、今度は山を下る。秋の陽ざしがさんさんと照り、山間の風は気持ち良く、背中の荷物さえなければとっても快適だが、歩くにつれさっきの芋で喉が渇きだした。段々畑の中程にカンショ（甘蔗、サトウキビ）が植えてある。

「おばちゃん、カンショ」

「よっしゃ、カンショもらってこう」

言うと二人はカンショ畑に下りて行った。太くて瑞々しいのをポキッと根元から折ると、すねで短く折り乍ら口で皮をむいてはムシャムシャとしがんだ。甘い。とても甘い。喉の渇きが嘘のように治っていった。

もうこれで何度目の買い出しか。未だ警察にかかったことはない。でも買い出しに来ている人達は互いに情報を流し合う。全く見ず知らずの人なのに。

「何処そこの駅は今日張り込みしとるで」

「今日は大丈夫らしいよ」

そんな具合でみんな仲間みたいだ。ある日の事、和歌山藤並《ふじなみ》まで行くと安くてうまい芋があると情報が入った。今日も住田のおばちゃんと一緒だ。一番電車で藤並まで行く。芋は砂地が旨いとか赤い色をした本当にうまそうな芋。いつもより早く買う事が出来たので今日は早く帰れると二人は駅に向って歩いた。

「オーイ」

男の人が前からこちらへ向って来る三、四人。

「藤並の駅はダメだ、ポリ公がいるよ」

八重子は胸がドキッとした。

「何うしよう」

一瞬足が震えた。警察に捕まったらこの芋全部取り上げられる。

「あの山を越えたら駅に出るみたいやから山を越えよう」

若い男の人が言った。

おばちゃんは言った。

「ほんまに山の向うは駅か？」

「そうらしいよ。一緒に行こうよ」

こうなったらみんな仲間だ。八重子は背中のリュックを「よいしょっ」とゆすり上げると小さな体でみんなの後を追った。この間は山の上で芋を炊いてもらって食べたんだ。山一つ位平気平気。しかし、今日の山はきつい。道はあることはあるがゴロゴロガタガタ背中の五貫目はますます重くなる。息が切れてくる。一服してほしいけれど、男の人達は平気で登って行く。遅れたら放って行かれる。山の中で迷子は嫌だ必死でついて行く。「山の向うに駅がある」そう信じて登って行く。二時間近く経っただろうかやっと頂上らしい所に着いた。さすがの男達も「休もうか」と言った。八重子は汗だか涙だかわからない顔を手拭いで拭いた。もう下るだけで駅がある。そう思うと少し楽になった。

「さあ行くよ」

途中合流した人も合わせて十人ばかり。女はおばちゃんと八重子の二人だけ。今から下りだからと高をくくっていたことがものの十分もしないうちに山を下りる辛さを味わうのである。すべる。足のすねがガクガクする。転ばないように気を付けねばならない。背中の荷物が重くて体の自由がきかない。おばちゃんは八重子の前を下りて行く。もう口も利かなくなった。ただただ一心に下って行く。木の枝や根っこをたよりに……。やっとふもとにたどりついた。でもそこには民家もなく田んぼと畑、小屋らしいものが見えるが駅など何処にもなく、線路らしきものもなく前に山がそびえている。

「おおい。何処に駅があるんや。駅なんかどこにもないよ」

誰かが言った。

「あの山の向うと違うか？」

「そうや。あの山を越えたら駅や」

一体この中に知っている人がいるんやろか。みんな遠くから買い出しに来て知らない土地なのに。でもここまで来たら、みんなでどこかの駅を探さないと……。誰からともなく歩きだした。目の前の山へ行く為に田の中の道を黙々と……。藤並で芋を買ったのは確か十時だった。

八重子は時計など持っていないけれども、もう昼は過ぎているはず。お腹がすいてたまらない。やっと山の登り口までたどりついた。

「みんな頑張れよ。たしかに海南の駅に出るはずやからな」

男の人が言う。海南、そう言えば焼け出されてきた米ちゃんがよく海南の話をしてたっけ。八重子はそんな事を考え乍ら登った。肩が痛い。リュックの紐が食い込んでくる。足が痛い。ズックが破れそう。汗で体全体風呂に入っているようだ。やっとこの山も下りた。だが前にも右左何処にも駅はなかった。

「おばちゃん、駅どこにあるん？」

八重子は涙が出そうな気持ちで聞いた。

「駅みたいなもん見えへん。どないなってんやろ」

男の人達もめいめい不安げにブツブツ言い出した。でもここには少ないけれど家もある。畑では百姓の姿も見える。

「みんなちょっとここで待っときや。聞いて来るわ」

と言って一人の男の人が荷物を置くと畑にいる人の所へ歩いて行った。足を引きずり乍らやがて帰って来て言うには、もう一つあの山を越えると海南の駅があるとのこと。八重子は泣きたくなった。足が痛い、腹が減った、荷物は重い。しかもその山までかなりの道のりがある。山まで歩いたところでまた登らねばならない。そう思うと死んでしまいそうな気持ちになった。

（もう買い出しなんかまっぴらや。こんど、おかちゃんが買い出しに行け言うても絶対行かんからな）

心の中で怒りをぶっつけ乍ら歩いた。芋を捨てたい気持ちにかられた。しかし、この背負った運命は八重子から離れてくれなかった。三つ目の山はもう十六歳の小さな体の八重子ではなく。五貫目の芋と戦う魂であった。

「オーイ。見えたぞー。駅が」

秋の陽は暮れるのが早い。下り坂の中腹でもう暗くなってきた。だがその目の下に駅の灯りが神様の灯火のようにちらついていた。あれが海南の駅だ。しかも山の真下にある。下り切ったらもう歩かなくてもよい。みんなは苦しかった三つの山を今は後にして急いだ。十時に登り始めて駅の時計は七時を指していた。

『喉元過ぎれば熱さ忘れる』

八重子はあの日の苦しみを忘れたわけではないけれど、やっぱり母の言い付けにはそむくことはなく、相手を変えては買い出しに行った。仕事もしなければいけないし休日は買い出しで休むひまもないそんなある日。

「八重子、お前松本のおばちゃんと京都へ玉葱を売りに行くか？」

「ええー、何で？」

「こっちで玉葱を五貫目買うて京都へ行ったら倍からに売れるんやて」

「ふうん。ほんなら金儲けするんやな」

八重子は金儲けはしたい。でも松本のおばちゃんはあまり知らない。顔を見てもきつそうな人に見えた。しかし母が行けと言う。

朝、玉葱五貫目を風呂敷二つにしっかり包むと松本さんの家に行った。

「この子は小っちゃいけど力があるさかい、迷惑はかけへんと思う。あんばい頼んどくで」

「ああ、ええよ。わたいも一人で行くより連れがある方がええよって」

「おばちゃん、よろしく」

「ほな行こか」

母は駅まで送って来た。今まで和歌山方面に乗って行ったけれど今日は天王寺方面に乗る。この頃の電車はいつも満員だった。何回か乗り換えて京都に着いた。八重子は玉葱の風呂敷を両手に持って松本さんの後からついて行く。松本さんは前にも来た事があるのかあまり迷わずに川べりにバラックで建てた店が並んでいる所へ着くと、

「こんにちは。お宅玉葱いりませんか」

と尋ねて歩くのだ。

「おばさん何ぼや」

「へえ。十貫目で四百円」

「ちょっと高いんとちがう？」

「いや。そんなことないよ」

少々強面《こわもて》の男の人とおばちゃんがやりとりする。

「そやかて今日はええわ。親方も留守やし。またにしてんか」

何うやらダメらしい。八重子は京都に来ればホイホイと玉葱が売れてお金が倍になって喜んで帰れる。そしたらまた休みに行ってお金を儲けて、だんだん貧乏から離れていく。なーんて夢みたいな考えで今の今までいたものだから、何だか様子が違うのでだんだん悲しくなってきた。

「今日はあかんわ　何うする？」

おばちゃんは八重子に問う。

「何うするって……」

八重子には何うするすべもあてもない。二人はこの玉葱を売って帰らなければならない。両手で風呂敷包みをぶらさげて歩く大人と小大人の姿は誰が見ても闇屋？　それとも慣れない田舎の母娘に見えただろう。

「チリリンリン」

自転車のベルにあまり広くない道。二人は横に寄って道をあけた。すると自転車は前で止まった。お巡りさんだ。

ドキッ。

「おばさん、何持ってる？」

松本のおばちゃん何食わぬ顔をして、

「ああお巡りさん。わたしねェ、親類の家に玉葱持って来てあげたんよぅ。そやのに留守で何しようかと思っているところやねんわ」

「そら困ったね。でもそんな格好してたら闇屋と間違えられるよ。僕が証明を書いてあげるから、これを持ってすぐ帰りなさい。もし電車に乗る時、調べられたら見せるといいよ」

「ありがとうございます」

「きっと持って帰りなさいよ」

「はい。きっと。何うも済みません」

チリリンとベルを鳴らしてお巡りさんが行ってしまった。若い優しいお巡りさんだ。

「ああよかった。取り上げられるかと思った」

おばちゃんはほっとしたように言った。八重子はただただ胸がドキドキ。おばちゃんの咄嗟の嘘にびっくりしていた。

「さすが京都やわ。お巡りさんまで優しいな」

「うん」

と八重子はコックリした。

「そやけど、ここまで来てこのまま持って帰れるかいな。何とかしよう」

そう言うとまた歩きだした。

格子戸のある一軒の家。

「こんにちは」

「へーイ」

中から四十歳位の女の人が出て来た。

「あのう、わたしら、和泉の方から玉葱持って来たんやけど、お巡りさんに見つかって持って帰るように言われましてん。そやけどな……持って帰られへんし、安うしときますさかいご近所の人と買うてくれまへんやろか……」

おばちゃんはまたうまいこと言ってペコペコした。八重子はその横でじっと立っているだけ。

「そうでんな……ほんに安うしてくれるならきいてあげまひょ」

そう言うと隣近所に声をかけてくれた。やっぱり京都は親切なのかと八重子は思った。二人で持って来た十貫目の玉葱はみんな売れた。代金は倍にはならず儲けは余りなかったみたいだった。でも少しは儲かったのだろう。

「おおきにおおきに」

「おおきに」

八重子も頭を下げた。空になった風呂敷を小さく畳むと二人は外に出た。

「よかったな」

「うん」

八重子はやっとうれしい気持ちで返事が出来た。駅までしばらく歩かなければならないけれど荷物のない身は軽かった。

「あっ」

急におばちゃんが立ち止まって横合いの道に折れた。見ると向うからさっきのお巡りさんが自転車で来る。気が付かなかったのか通り過ぎて行った。あれ程親切に帰れと言ってくれたのに、今、手ぶらの姿を見たら何と言って叱られるか。そう思うとまたドキドキした。玉葱売りはこれっきりで二度と行かなかった。

当時配給の品物だけでは、とても生きていくことが出来なかった。にもかかわらず、買い出しは不正だと取り締まりをするのだ。取り締まりと言えば法の許に人を裁くある判事はあくまでも配給生活に徹して餓死されたという。

「脇の浜で網引きを手伝ったら二十円くれてイワシもいっぱいくれるって話やけど、八重子ちゃん一緒に行くか?」

床屋のおっちゃんが誘ってくれる。お金も欲しいしイワシも食べたい。それに夜出かけるから昼は仕事に行ける。

「行っちょいで」

母は二つ返事で決める。八時頃一回引くからそれに間に合うよう行くことにした。何しろ初めてのこと。何処で何うして引くのか全くわからない。

「浜まで行けば誰か居るやろ」

と出かけたが、浜は静かで誰も居ない。あちこち探してみたけれど何の気配もない。まだ早いのかと砂浜に寝ころんで二人は空を眺めていた。美しい夏空、天の川。北斗七星だけは八重子も知っている。満天の星は降るようにきらめいていた。波の音がドドッザアー。

「おっちゃん、今夜は網引きないんと違う?」

「そうやなー、もうちょっと待ってみようよ」

「うん　折角来たのになあ」

昼間の熱で砂は温かい。イワシをもらうために、しっかり持って来た風呂敷をはおって二人はそのまま眠ってしまった。東の空が白みがかってもう夜は明けてくる。二人はすごすごと空っぽの朝帰りをした。

労働組合

健太郎叔父の工場を辞めて、今は海塚《うみづか》にある紡績工場に通っている。石才から水間鉄道を利用して貝塚へ出る。紡績工なんて初めてだからカセ取り、ミュールの見習い、リングの手伝いと、とにかく一生懸命働いた。つなちゃんや孝ちゃんと友達になった。二人は名越《なごせ》から通っていた。その頃電力の不足で夜だけ仕事をする工場もあり、久ちゃん（四歳年上の先輩）に連れられて熊取《くまとり》まで夜勤に出かけた。その工場では一日ずつ給金をくれるので、八重子にはとても魅力があった。しかし昼は紡績工場で働いて夜熊取へ行ってまた昼紡績工場で働くなんて続くはずはない。適当に夜の熊取を休み乍ら働き続けた。働いても働いても母は足りない足りないの連続。

ある日、会社に出ると工員の人達がヒソヒソと何かをささやき乍ら三々五々集っている。八重子にも来るようにとの事。従業員労働組合というものをつくるそうだ。会社の幹部に知られると活動が出来ないどころか、先導者が「クビ」になるという。色々話を聞いているうちに、八重子にも労働組合とは何か、従業員の生活を守り給与の安定の為につくる方が良いということがわかってきた。生活を守るのは世帯を持ち妻子のある人にとっては最大の関心事であるが、八重子にとっても貧乏な家を支えて行く為に給与は多く安定してほしい。二、三日経って今日はいよいよ会社幹部との交渉の日だ。全員食堂に集まって従業員側、会社側と意見の発表、要求と回答。じっとやり取りを聞いていた八重子だったが、時を見て立ち上がった。

「会社側の方に聞いて頂きたいのですが、私は未だ年齢は十七歳です。家庭の責任というものはありません。本当ならまだ学校生活をしている年齢です。それが今この紡績で働いているという事は何の為でしょうか。働かなければ金がない、金がないから学校へ行けないのです。同じ働くのなら少しでも多くの給料が欲しい。働く事に何の不足もありません。そこで会社としても私達従業員の為に喜んで働く意欲の出るような方法で考えてほしいと思います。よろしくお願い致します」

一斉に拍手が起こった。八重子は自分が何を言ったのか。こんなことを言ってクビになるかも知れない。そんなことを思い乍ら腰を下ろした。

翌日会社へ出た。カードの工員さんがニコニコし乍ら八重子の前に来て、

「昨日はええ事言ってくれておおきに。わしらが言わなあかんやけどな、中々言えんかった」

と礼を言ってくれた。会社からは何も八重子のクビはお沙汰がなく、その月の給与が二百円も上がっていた。

食糧難はますます深刻になる。白いご飯など高嶺の花。仕事に持って行く弁当はさつまいも

のふかしたのが多くなった。八重子は昼、食堂へ行くのが嫌だった。

「今日はお腹痛いから、みんな昼食べて来て」

と嘘をつく。昼のベルが鳴るとみんな一斉に食堂に行った。八重子はトイレで手を洗うと仕事場で紙包みを広げてさつまいもを食べる。食堂に行けば茶があるのに。のどにつかえて中々早く食べる事が出来ない。早く食べなければみんな帰って来る。時には、

（今日は大きな顔して食堂に行ける。だって弁当持って来たもん）

もちろん米の飯ではない。麦ばかりの麦めし。その上にトロロこんぶがかぶせられ麦がかくれている。上手に食べないとパラパラこぼれて始末が悪い。

色々あるけれど十七歳、周りの話も色めいてくる。しかし、八重子はまだ女の子にならないのだ。それでも周りから見れば一応十七歳の娘である。明るさも色気も全くなく貧を背負った女の子。そんな娘に母は、

「お前は、おとっつぁんに似て陰気でちょっとも娘らしさがない。そんなんやから月経も出てきえへん。もっと風呂で、顔も、美しいに洗《あろ》うて笑顔をつくらなあかん」

全くそうかも知れない。でもこの家のこの境遇で明るく笑っていられるものか。

（そんな事言うなら風呂で思いっ切り顔を洗ってきれいになってやるよ）

八重子はその晩、風呂でタオルに石鹸をつけると思いっ切り顔を洗った。ひりひりする程こすった。明くる日は美しくなっていなければならないはずの顔が、こすり過ぎた傷で赤黒くか

さぶたが出来ていた。

初デート

寒い風が水間鉄道の待合室ホームに吹いている。電車が来るまでみんな地下道でコンクリートの壁に寄りそうように立って待っている。

「こんばんは」

誰かが八重子に声をかけた。思わず顔を上げるとそこには二十歳を少し出たろうか若い男の人が立って笑っている。

「……」

「あんた、いつもこの時間にここで居るね」

そう言うと、八重子の返事も待たずに話を続ける。

「ぼくもこの電車にのるんやけど、君何処まで行くの？」

「石才まで」

「ぼくも石才まで……駅からどこまで行くの？」

「橋本駅の下《さ》がりまで」

「なんや、ぼくも橋本駅まで行くのやで。一緒に帰ろう」

「ほんまに」

話している中に電車が着いた。二人は一緒に乗り込んだ。電車は満員で並んで立った、石才駅に着くと二人は橋本方向へ歩きだした。いつもなら一人で淋しい道を帰らなければならなかった。墓場の下を通ると近木川を渡り阪和線のガードをくぐり両側が土手の暗い道である。でも今夜は違う。

「ぼく橋本から電車で熊取まで帰るねん。いつもはこっちの道を行くんやけどこれから一緒に下から帰るわ」

そう言って駅下がりの四つ角まで遠回りしてくれたのである。八重子は初めて男の人と肩を並べて歩いた。何だかほんわりとした気分である。毎日二時間残業すればあの時間になる。必ずあの人が来る。八重子は胸が高鳴る思いがしてまた一緒に帰る。もう残業しても怖くない。

ある日、

「今度の日曜日付き合ってくれないかなあ」

「何処へ」

生まれて初めて男の人に何処かへ行こうと誘われたのである。母に言っても叱られるだけ。八重子は母に内緒で行こうと思った。

「朝十時、橋本駅で待っている」

約束をして家に帰った。

「おかちゃん、今度の日曜に名越のつなちゃんと約束しているから行ってもええ?」

「早うもどって来るんやろ」

「うん」

という事で日曜日はデートとなったものの……、八重子には何を話してよいやら、いつもの会社帰りの道づれとは全く見当が違う。行ったのは「大阪城公園」。二人はお壕の際に立って大阪の街を眺めていた。

「わっ」

突然彼が後ろから八重子の肩に手をかけて、押したかと思ったら抱きしめた。

「びっくりした?」

「うん」

「アハハハハ。青なってる。ゴメンゴメン」

あやまると彼は手をはなして、

「僕、太田。今日まで名前も言わなかったね」

八重子は自分自身名前も知らない男と大阪くんだりまで来てしまった。軽率を恥ずかしいような怖いような、言い知れぬ気持ちでいたのである。今名前を言われて自分も名乗らなければいけないと思った。

「わたし、植田。植田八重子」

彼は手帳を出すと書き込んだ。

「住所も教えて……」

「貝塚市堤五〇番地」

教えてからよかったのか悪かったのか不安になったけれど、とにかく昼食をご馳走になって無事何事もなく家に帰った。それ以来八重子は太田に逢うのが何だか気が進まず、つなちゃんに相談した。

「なあ、つなちゃん。駅であの人おったら教えて……」

「もしおったら何うするん？」

「隠れるよ」

「よっしゃ気いつけてやるよ」

つなちゃんも水鉄で名越まで帰るから大抵一緒だ。八重子の近目も知っている。

「ああ、いるよ」

「何処に」

と言っても背が低く近目の八重子にはわからない。同じ電車に乗って石才で降りれば二人になる。八重子はそのまま石才を乗り越して名越まで行った。そして反対側の電車に飛び乗って石才まで引き返した。真っ暗な道を一人で堤まで歩かなければならないのに……。

一ヵ月ばかり経った。家に帰ると母がむずかしい顔をして一通の封書を差し出すと、

「八重子。これ何や」

受け取って見ると確かに八重子様となっている。差出し人は「太田千代子」。八重子はハッとした。しかも封書はすでに開けられている。

「何で、おかちゃん見たん」

「誰からかわからへんから江坂のおばちゃんに見てもらいに行ったよ」

「何でよ!! うちにきたのに! 恥ずかしいやんか」

「そんなこと言うても、お前、親に黙ってそんな男の人と遊んで……」

「何にも遊んでなんかいてないよ」

八重子は悲しくなった。それ以上母を責める事も出来ず、かえって母に叱られるのが嫌だった。でももう逢っていないし逢う事もないからと心の中で思っていた。その後、近木川の橋の上でバッタリ出会ってキャンプに誘われたが断った。そのまま彼と逢うことはなかった。

金の成る木

床屋の治さんは毎日会社勤めをし、フサ子ちゃんは学校を卒業してから靴下工場へ働きに

行った。中々の発展家である。米ちゃんは江坂のおっちゃんと泉佐野のスポーク工場へ通い出した。秋野の絹ちゃんは中学を終え高校へと進学、もう八重子とは別の世界を歩いている。佳子ちゃんも、女学校へ行き、そして新制高校へと進んで、逢うこともなくなった。

父を捜して神戸まで行って早一年の年月が流れ、叔父叔母の説得もあって、父に家に帰ってもらうことに母が同意した。当然八重子が神戸まで迎えに行く。いつもの阪神電車の窓の風景が今日はとても懐かしく思えて、うっとり見とれ乍ら色々思い出した。

夏の日の帰りにすごい雷雨に遭い、この電車に落雷したのである。止まったままの電車はいつ動くかわからない。乗客は開けられた電車の乗降口から線路に飛び下りると阪急電車まで歩いて行くらしい。八重子は当然独りぼっちで心細い上に土地勘もない。動くまでこの電車に乗って待とうとがんばった。

またある時、天王寺の駅で和歌山行きの電車に乗った。運よく座席が空いていたので腰をかけた隣へ男の人が座った。かなり年配だった。その人は電車の窓から首を出すと、今しがた窓外をキャンディ売りが通るのを呼び止めて、二本アイスキャンディを買い、

「これ食べ」

と言って一本八重子にくれた。悪いから断ろうにもアイスキャンディは溶けてしまうので頂く事にした。暑い折とてもおいしかった。かなりお酒を呑んでいるらしい。

「姉ちゃん和泉府中に来たら起こしてんか」

そう言うと眠ってしまった。八重子もついうとうとして、気が付いた時は府中を出るところだった。男の人はぐっすり眠っている。悪いけど橋本駅でそうーっと降りた。あの人は何処まで行っただろうか？

色々あった。しかし今日行って、父に帰ってくれるよう頼んで一緒に暮らす事を思うと、何もかも思い出として心の中に残しておこう。こうして父は帰り、鋼線に入社し働く事になった。父は近木川の河川敷にさつまいものつるを挿し芋を作ったり、池の土手、そうあの防空壕の後へ南瓜を植えたりして、少しでも自給の食糧を作ろうと頑張った。直径三十センチもあるお化けみたいな南瓜が出来て大喜びした事もあった。その南瓜の葉のじくを雑炊の中に入れたり、芋のつるも蕗《ふき》のように炊いて食べた。

「八重子。ばあがなあ、貝田の織物工場に頼んでくれたさかい仕事に行き。その会社に行ったら金儲けもええし、女工が嫁に行く時は嫁入り荷物までこしらえてくれるらしい」

否も応もなく会社へ連れて行かれた。朝六時から夕方六時まで。堤の家を五時半に出る八重子の頭はまだ起きてない。地蔵堂、王子を通って会社に着くともう織機の音がしている。工場の中ではみんな一生懸命働いている。時計はまだ六時になっていない。

「……？」

小さくなって自分の教えて頂く先輩の機《はた》の所へ行く。もっと早く来いと言わんばかりの目が八重子の心をさす。

「シズさんの姪だからきっとよく働くに違いない。今から機織《はたお》りをしこんだらええ織子《おりこ》になる」

そう決めてかかって、すぐに機織りを教えてもらう事になったのである。一日は終わり二日目は五時二十分に家を出る。やっぱり織の音がしている。次は五時十分。何とか間に合ったけれど毎日こんな早く行かねばと思うととても辛い。お昼はこの食糧難を見こして会社では全工員におかゆを食べさせてくれる。大きな鍋いっぱいに炊いたおかゆを毎日食堂で腹一杯食べてよいのだ。おかずだけ自分で持って行けばよい。人見知りのはげしい八重子は大勢の人達と食堂で食べるのはとても恥ずかしく嫌だった。幸い小学校の同級生で、王子のスエ子さんが働いており、社長のぼんちと恋仲とかで、特別におかゆを小鍋に入れて別の部屋で食べていた。八重子はその部屋で一緒に食べさせてもらった。十日経ち二十日過ぎても機を織る為に使う「杼《ひ》」緯糸《よこ》を入れる道具の使い方が下手で中々上手になれない。失敗すれば布が傷物になる。先輩の腹立たしいのもわかるけど、少しも上手に織れないのである。

一ヵ月。

「もう一人で織れるやろ」

そうして八重子は一台の機を預かったのである。怖いと思えば思う程失敗をする緯糸だけでなく、チキリから出る経糸《たて》まで切れているのが目の悪い八重子には早く見付ける事が出来ない。働き者の集団であるここの女工さん達はトイレに行く時も織機を止めない。糸、機、ホコリとの戦争。八重子はなんで自分が一人前に機を織ることが出来ないのか悔しかった。『もう嫌だ』と胸がつまってくる。

（トイレに行ってそのまま逃げて帰ろう）

そう思って機を織らせたままでトイレに出た。工場の外にトイレがある。

（もう織場には戻るもんか）

そう思って八重子は用を足すと外に出た。と目の前の柱に、

『金の成る木はないけれど辛抱する木に金が成る』

八重子の目にその文字が飛び込んだ。今逃げて帰ろうとしている自分のその心を見抜いたようなその格言に、足は工場の中に向って行った。

自分の機械の前にもどって、八重子は一瞬そこで何が起きているのかわからなかった。夢中で機を止めて改めて眺めると、そこにはカザリが落ち、上下のチキリから出る糸だけがひたすら織り続ける機械にもてあそばれている無残な姿があった。機大工のおっかない顔が目に浮かぶ。先輩も来てくれて何とか修理をしてもらったものの、八重子にはとても続けていくことなど出来ないと明日の日が真っ暗になった。

翌日、そうっと工場へ入ると奥さんが、

「植田さん、ちょっと来てくれるか」

八重子はてっきり昨日の件でクビになると思い、むしろその方が良いと開き直った気持ちで事務所へ行った。

「あんた、うちへ来るまでに紡績で働いていたんか」

「ハイ」

八重子はかまえていた気持ちが肩すかしを食らったような奥さんの言葉だった。

「今度うちの社長が共同で紡績をする事になって、経験のある女工さんを探しているんやし、あんた、しばらく手伝いに行ってくれるか」

八重子は奥さんが役に立たない自分を他で働かせようと思っているなど、ゆめゆめ疑わないで二つ返事で承知した。

早速今日から新しい工場へ行く。朝七時三十分から五時が定時。六時まですれば残業手当がつく。もう五時に起きなくてもよい。本社の社長もこちらの経営者もとても優しかった。仕事はリングが主だ。そのリングも前の紡績工場で少しかじった程度だったが、ここはみんな何も知らない。糸道を知っているのは八重子だけ。一生懸命回しているうちにベテランのように上手くなった。その他カセ取りをすればその早業にみんな驚いた。紡績の社長はとても喜んでいつまでもここで働いてほしいと言ってくれた。月給は七千円近くある。ちなみに給料が高いと有名な本社だったが八重子の一ヵ月は三千六百円位だった。何故そんなに違うのか。その給与明細は六時から六時までを一句とした本社の固定給に残業手当がついている事がわかった。昼食はやはり庄司で頂くのだから何ともはや幸せいっぱいである。しかしそんな甘い事はいつまでも続かなかった。

十二月の下旬、奥さんからボーナスに金一封と反物を頂いた。そして紡績の方からもボーナスが出た。八重子はそれを断ったのだが本社は本社、もらっておきなさいと言ってくれたので二重に頂いてしまった。その翌日ご機嫌で工場へ出かけて行った八重子を本社の奥さんが待ちかまえていた。

「あのな、あんた二十五日からうちの工場へ来てんか。ここも五ヵ月も経ったし大分軌道に乗ってきてるよってな。あんたはうちの女工やからな」

そう言うとさっさと行ってしまった。八重子は、いつまでもここに居てと言った社長の言葉に何の力もない事を悟った。

冬のしかも十二月二十五日といえば一年で一番、日の短い頃。朝五時。寒い！　顔も洗わないで仕事に出て行く日が続く。正月もすみ仕事始め。とうとう八重子はストライキを決め込んだ。母が何といっても動かなかった。本社からは三日続けて呼びに来た。しかし八重子は出て行かなかった。母も根負けしてか辞めることを許してくれた。

興国鋼線の中に小さな工場があってホッチキスのタマを作っていた。しばらくそこで働くことにした。三日も仕事を休んだのだからもう一日も遊ばせてはくれない。仕事をする為にこの家に居る八重子。もう自分が普通ではないと思っていた。初潮があった日、勝手に仕事を休んだと言って母がさんざん八重子を叱ったのである。ただただ母の為に働いた。たった一円の小遣いももらわないで……。

その頃治さんは製鋼に勤め宗一も同じ会社に入れてもらって、一応会社勤めをするようになった。

真利子六つ、憲次九つ、亨子十、惣次郎十三、宗一十六、八重子十八。「鬼も十八番茶も出花」と言うけれど、気が強いのか弱いのか自分にもよくわからない性格である。大人にも出来ないような事をしっかりやってのけると思えば、人見知りをして引っ込んでしまう、陰の性格であることは確かだ。村の盆踊りが来ると、母は子供を放り出して踊りに行く。八重子は踊りが苦手で村の処女会のメンバーが誘いに来ると、いつも母と意見が合わず膨れっ面をし乍ら踊り場に行く。一周すればそうっと抜けて帰ってしまう。

「八重子ちょっとおいで」

母はきれいな下駄を持って呼んだ。

「踊りに行くのに下駄買うてやったからこれ履いて行き」

そう言って八重子に下駄をくれた。赤い鼻緒のとても軽い下駄だった。

「おかちゃん、この下駄、桐と違う？」

桐の下駄はとっても高いのを八重子は知っていた。

「そうや、ええやろ」

母の言葉に八重子は素直に喜ぶことが出来なかった。

「何でこんな高い下駄買うんや、もっと安い下駄でええのに」

八重子は不満げに言った。

「お前は、親が思いに思って軽いええ下駄を買うてやったのに、何やその不服そうに」

母は怒る。

「軽うても重たくても誰もさげにくる者もない。自分だけ辛抱したらそれでええのに」

八重子は家の貧乏にあきあきしていた。少しでもお金を大切にしてほしかったのだ。

治さんは自分の家のように出入りする。父は製鋼の焼き入れでやっぱり昼夜交代で働く。

ある日シズヱ叔母がやって来て、

「八重子。おかちゃんに言え。あほなことばっかりせんと治に家に来るなって言うように。それやなかったら、おとっつぁんがかわいそうやさかい」

叔母の言ってる事が八重子には全部とまでいかないけれど、何とか理解は出来た。

「ほんまにおかちゃんはあほやさかい。お前から言うたらちょっとでも聞くかもわからん。ばあや兄やんがなんぼ言うても聞けへん」

それから幾日かたち、叔父と叔母が家に来て母と言い争いの結果、真利子を連れて家を出ると言う母。叔母は八重子に、

「お前らのおかちゃんは五人の子供を捨て、真利子と暮らすんやて。お前ももう十八、家のことは出来るやろ。おとっつあんと六人あんばい暮らせな」

翌日、本当に母は家を出て行った。真利子を連れて。八重子は悔しかった。あんなに母を愛し母の為に働き、母の喜ぶ顔が見たくて何んなことでも辛抱したのに……。仕事もあっちが給料が高い、こっちが月給がええと母の言うままになった。織物工場だけは務まらなかって悪かったけど。村の人達は口を揃えて、

「八重子ちゃんは親孝行や」

と言ってくれている。それなのに今、母が自分達を捨てるなんて……。

小学校三年、四年、中学校一年の弟や妹の学校があり、食事の支度、洗濯（手で洗う）、掃除そして仕事。八重子一人の肩にかかってくる。とにかく散々な生活だ。

母が今まで工場に行って働くのを八重子は見たことがなかった。それなのに中島織布へ下宿をして働いている。こんな近くにいるのに家に帰って来ない。ある日、八重子は中島の前を通りかかった。真利子は工場の前で一人遊んでいた。その姿を見ると愛しさがつのり思わず真利子の手を取って、

「マー子。一緒に行こう」

真利子は黙って八重子に手を引かれてついて来た。二人は村はずれの田んぼ道をゆっくり歩いた。そして歌った。

みかんの花が咲いている
思い出の道丘の道
はるかに見える青い海
お船が遠く　かすんでる

八重子は胸が一杯になって涙がこぼれた。そのまま二色の浜駅から電車で泉佐野へ出た。そして当てもなく行くうちにとある教会の前に立った。八重子は真利子の手を引いて教会の中に入って行った。

「ごめんください」

「ハイ」

三十五か六位の男の人が出て来た。

「何かご用ですか」

その人は優しく尋ねた。

「あの……少し聞いて頂きたいのですが……」

「どうぞお上がりなさい」

その人は二人を小さな部屋に入れ椅子に掛けるよう指差し乍ら、

「何んなことでしょう？」

やわらかなほほえみが緊張した八重子の心をほぐしてくれた。

「実は母のことですが、わたしは六人姉弟の一番上です。母は父を裏切って、してはいけないことをしました。母は今、この妹を連れて家を出て行き、近くに住んでいるんですけれど……。わたしには何うしてよいのかわかりません。今日つい、気になって母の住む所へ行くと一人で遊んでいる妹を見て思わず連れて来てしまいました。お願いします。わたしは何うすればよいのか教えて下さい」

八重子は話し乍ら涙がこぼれてきた。男の人はじっと聞いてくれた。そして書棚から一冊の黒い表紙の本を取り出しパラパラとめくって読みだした。

「イエスはとある田舎を通りかかった。人のざわめきに足を止めると一人の女を中にして、数人の男女がつばをはきかけたり、足蹴にして口々にその女をののしっている。『何うしたのか』とイエスが問うと『この女は不義密通をしたからみんなでこらしめている』と言う。イエスは静かにその女に近づくと、『汝はその罪を悔いているか』と尋ねた。女は泣き乍ら罪の懺悔をし心から悔いた。イエスは周りの男女に言った。『この女は己の罪を悔い改めると誓っている。されば此処にいるみんなに聞く。我こそは何一つ罪を犯した事はなく神にそむいたことのない者は前に出よ。そしてこの女をこらしめよ』イエスの言葉に一人去り二人去り、すごすごと何処かへ散ってしまった。イエスは女に向って『もう二度と罪を犯してはいけない』と優しく悟して去って行った」

そこまで読むと男の人は、

「人は誰でも罪を背負って生きています。お母様もきっと後悔しているはずです。あなたも、このイエス様の教えのようにお母様を許してあげなさい。そしてお父様と一緒にもう一度お母様を迎えてあげなさい」

後日その男の人は牧師であり読まれた本は聖書とわかった。（今書いた文は聖書の原文を知らない為、八重子が心で聞き理解したものを表したので聖書そのものの文章ではない事を示しておく）

「ありがとうございました」

深く頭を下げると真利子の手を引いて教会を出た。

（やっぱりおかちゃんに帰ってもらおう。健太郎兄やんや、ばあに何と怒られても、うちらのおかちゃんやもん。おとっつぁんだって、かんにんしてくれると思う）

そう思うと八重子は意を決して家に帰った。

それから間もなく母は家にもどり、家からしばらく中島織布へ通った。

出合い

裏の小さな空き地に二本のイチジクの木を挿した。食べ物のない時代に秋がくれば、おいしい実のなるイチジク。シャカド（地名）の川っぺりにあるイチジクの枝を三十センチばかりもらって来て、二つに切って挿し木をした。十日ばかりすると芽が出て来た。ふと見ると片方の木はちゃんと上を向いているがもう片方は逆さまだ。それを引っこ抜いて挿し直した。それでもちゃんと根がついた。二本の木はスクスクと大きくなった。子供達の背より高くなった頃実が成った。青い実は秋が来て色づき始め、みんな早く食べたくて毎日毎日眺めていた。中でも亨子はイチジクの精のように二本のイチジクの周りが大好きだった。亨子はその頃（十歳位）に痙攣を起こし後遺症が残った。四年生の亨子はごく普通の子であったが、少しずつ周囲にはわからなかったが脳に変調をきたしていたのだ。担任の中野先生が大好き。そしてシズヱ叔母と八重子が好き。赤ちゃんの時から母の情にうすく、姉の八重子と一緒に寝て、あまりかまってもらうこともなく、大きくなってきた子である。八重子にしても小さい時から手塩に掛けた妹だから可愛い。その亨子が学校で何があったのか、頭にケガをして帰って来た。本当なら親が血相を変えて怒って行くだろう。しかしそれをきいた叔母が学校へ談判に行った。ことごとく叔母と母はすること考えることすべて違っていた。

「八重子、お前ばあの所へ行って、ばあにおかちゃんの長持ち返してくれるように言うちょいで」

八重子は最初母が何を言っているのか理解出来なかったが、

「ばあに十五円借りて、おかちゃんの長持ちを渡したんや。三十円渡すさかい、八重子の嫁に行く時の為に返してくれるようお前から頼んじょいで」

八重子は行くのが嫌だった。日頃から叔母が母の行いを責めたり、貧乏なのを母のせいにしたりする。だからお金にからんだ話を叔母にするのが苦手だった。でも母に逆らえない八重子は三軒隣の叔母の家に行った。

「ばあ……」

「何や」

叔母は今しがた仕事（その頃叔母は石鹸、チリ紙を古びた乳母車に入れて近在一円に行商に回っていた）から帰ったらしく家の掃除をしていた。

「あのう……。ばあな！　うちのおかちゃんの長持ち今使ってる？」

「つこうてないけど、何すんや」

「あのな、ばあに十五円おかちゃん借りたやろ。うち三十円返すさかい返してくれへんか？」

「何言うてんや。十五円もう何年経つと思ってるんや。ほんまにお前のおかちゃんは勝手な事ばっかりして今さら三十円で返せってよう言うてるわ」

やっぱり怒りだした。八重子は長持ちが欲しいわけではない。叔母のきつい言葉と母を恨めない悲しい気持ちで涙がこぼれ落ちた。八重子を嫁にやる気もないくせにまたまたダシにされて泣きを見たのである

父は相変わらず黙々と興国鋼線に通い、宗一は巽へ行く。治さんが八重子を巽に入社するようはからってくれ、姉と弟一緒に巽の麻芯《あさしん》で働くことになった。麻芯は男女合わせて十名程でワイヤーロープの中芯《なかしん》を造る所。巽は焼入れ、伸線、メッキ、洗場、麻芯と各部署で百人ばかり興国同様経営していた。

山本さんは戦時中、フィリピンで夫と二人の子供とメイドさんまでおいて暮らしていたのだが、夫は現地召集で出征し、日本の敗戦が色濃くなった頃戦死した。敗戦直前現地の日本人の仲間と一緒にジャングルの中に逃げ込んだ。スコールと暑さ、食糧切れ、その上ジャングルの得体の知れない虫に攻められ、はれ上がる皮膚。背中におぶった下の娘は飢えと不潔の為、熱を出し何うする事も出来ぬまま死なせてしまったそうな。上の男の子（四歳）と必死で逃げ米軍の終戦を知らせる報道に死を覚悟でジャングルを出た。そして九死に一生を得て日本に帰ってこられた。一人息子の信ちゃんと二人で土生《はぶ》に住み巽へ通い生活している。

藤田君は二十三歳青白くて細い体。インテリぶっていつも本を読んでいる。夜間の学校へで

も行っているのか定時に終わるとさっさと帰る。

成田さんは美人だがきつい。仲線の北山さんといい仲みたい。でも成田さんには子供が三人いる。

北本さん。この人も夫を戦争で亡くし、息子と実母の三人で脇浜に住み生活の為に働いている。光ちゃん、瀬戸さん、あっちゃん、平井君、宗一。十六、十七、十八歳の半大人。以上の中に山原が居た。いつもみんなを笑わせて二十五歳でリーダー格だ。

「山原さん、お嫁さんもらうってほんま?」

光ちゃんの声に、

「ああほんまや。しゃあないやろ」

嘘とも本当ともわからない返事をして笑っている。八重子は昼休みには本を読んでいるか編み物をして、あまりみんなと口をきかない。でも人気者キィやんの姉というのでみんな良くしてくれた。読んでいる本が『リーダーズダイジェスト』。これでは誰も近寄れない。時折藤田君が、

「八重ちゃん　この本読む?」

と言って貸してくれる。そんな姿に治さんが藤田君との仲を誤解したそうな。そう言えば光ちゃん、仲線の高井さんと恋をし結婚の為会社を辞める。山本さんが責任者の山野さんと不倫の恋をしているらしく、八重子に恋文を書かせたりする。その度に恋愛小説で読み覚えた恋の

心を書き並べてやった。

昭和二十四年（一九四九年）夏。

床屋のフサ子ちゃんと二色の浜で開かれる花火大会を見に行く約束をする。職場でその話が出て、山原も行くと言う。当日、二色の浜の駅で待ち合わせをし山原は中井の竹さんと二人で来た。四人はすばらしい花火を見乍ら夏の夜を楽しんだ。終わり近くなって雨もよいとなり、急いで駅への道を駈けて行った。

「おい。来てるよ」

中井の竹さんが指さす方を見ると、女の人が番傘を手に走り寄って来た。

「これ二人でさして帰りよ」

と言って山原はバツの悪そうな様子で女の人から傘を受け取って八重子達にさし出した。八重子は、あの人が嫁さんなのかやっぱり結婚したんやなと思った。翌日会社で話をすると、それではお祝いをしなければという事になり、何某かのお金を山本さんが集めて山原に渡したのである。その後は山原が結婚したものとばかり思い込んで、相変わらずひょうきん者でおどけているのをただただ面白い人として付き合っていた。休憩時間に卓球が流行り、平井君や宗一も楽しくやっていた。やはり、リーダーは山原。八重子は相変わらず本を読む。

世の中はアメリカの援助と国民の努力でいくらか安定はしたものの、まだまだ本物ではなく少しの風でも揺られて倒れそうになる経済。会社倒産の声もあちこち。巽製鋼も危ういと噂が流れ、毎日の仕事も少なくなってきた。麻ヤーンを造る原料が入って来ない。色々な雑用をして日を過ごすこともある。輪になっておしゃべりをして時間をつぶすこともある。やがて人員整理の話が出て、家族持ちの責任ある人は会社に残り、若く再出発の出来る者はすべて対象になった。山原もその中に入っていた。結婚したはずなのに何うしてと思っていたら入籍もせず女が勝手に家に来ていただけと言う。事の善悪はさておき、八重子の気持ちは山原の手の中に落ちて行くのを何うすることも出来ずに退社の日が来たのである。

山原の家には妹二人弟一人。父はなく母は毎晩新地の『正家』（遊郭《ゆうかく》の屋号）へ引き子に出かける。すぐ下の妹は楠原といって、夫は泉佐野の東映の映画館を経営して、嫁も子供もあるのに浮気が本気になって子供まで出来ている。下の妹は八重子と同い年で弟はまだ中学生。山原の素行はとても良くない。仕事嫌い、女好き、しかし優しい。でも責任感はまるでない。それなのに八重子の心はどんどん深みにはまる。切なく苦しいままで山原を追う。何んなに無責任な人もきっと自分の愛で立ち直らせる。無垢で純粋な胸に灯った火は止めどもなく燃え広がっていった。そんな八重子の恋の道案内をしてくれたのは山本さんだった。

米ちゃんの父さん（母の叔父）も亡くなり、姉の沖やんが養子の兄やんと帰って来て、一緒に住むようになった。兄やんはとても良い人だが少々酒癖が悪い。ある日曜日のこと、機嫌よく八重子の家で飲んでいた酒が、突然怒りだし家を飛び出したかと思うと、向いの床屋の窓に付けてある鉄格子をつかんだかと思うと力の限り揺さぶった。格子はバリバリと音を立ててはずされてしまった。家の中から見ていた八重子も母も生きた心地がしなかった。女や子供ではとても止めに入れない。床屋のおっちゃんや沖やんが必死でなだめて連れて帰ったが、床屋は商売にならず大至急修理をせねばならない。翌日酔いのさめた兄いやんは平謝りしたことは言うまでもない。

そんなことがあって間もなく、床屋のおっちゃんが亡くなって治さんが後を継がないと言うので舟木さんが店をすることになった。店だけ借りているので何かと不自由な為、母が色々面倒を見ていた。その頃母は、徳与茂のたづさんと鶴原へ魚を買いに行きそれを売って小遣いにし生活は少しずつだけれど回って来たようだ。

真利子も二年生、憲次五年、惣次郎中学生。亨子は相変わらず発作が起きてかわいそうだが今のように病院へは行けない。

叔母は行商の幅を広げ、塔筋のおっちゃんは当時かなり金儲けをしたらしく名越の駅前に大きな家を建てて、棟上げも済み瓦葺きを始めた。叔母は自分の稼いだ金で堤に七十坪の土地を買った。健太郎叔父は商売に失敗し家屋敷を売ってしまった。三人の姉弟はそれぞれの道をたどる。叔母の借りている家の横に八坪程の土地があり、かつては評判の共同風呂があった所へ一部屋作って叔父一家が引っ越して来た。叔母は、時折新築中の家を見に行く。今日も行商の足を延ばして名越の駅から見たものは何と瓦葺きも終わっているはずの家の瓦はまためくられているではないか？　腰を抜かさんばかりに驚いて帰って来た叔母は、おっちゃんに問いつめる。と競馬に負けたおっちゃんは家を売ってしまったのである。そんなバカげた話は何処にある。

再就職

軌道に乗ったかに見えた日本経済もまだまだ砂上の楼閣に過ぎず、敗戦の傷跡は癒えるまもなく、国鉄の人員整理を皮切りに竹馬経済は転んでしまう。一ドルが三百六十円の単一為替レートが設定された年である。

八重子は畠中の加治さんの紹介で泉佐野の湊にある木管へ転職する事になった。堤と畠中、加治さんは誰からともなく八重子の噂をきいており、江坂のおっちゃんと電車が一緒になって話をしたところ、ぜひ自分の働いている木管に連れて行きたいと言ってくれた。

「事務所に入りたければ事務所に入れるようにするし、現場がよいと言うのなら現場でもいいよ」

加治さんはニコニコして八重子に聞いた。その頃の八重子には事務員という仕事はあこがれであって高嶺の花のように思えたのだ。いつもきれいな服を着て遅く出勤し、早く帰る八重子の頭には質素な服を着て、一時間でも多く残業して稼がなければいけないとそればかりがこびりついて離れない。

「やっぱり現場がええ」

と返事をしてしまった。和泉木管の検査場それが八重子の仕事場である。相変わらず人見知りをしてみんなと慣れるのに一ヵ月はかかる。仕事はそんなにむずかしくはなかった。人には慣れなくても残業はする。毎日二時間。四時がくると、

「残業何うする？」

と聞きに来る。

「します」

口が勝手に返事をする。五時になると菓子パンが二個配られてくる。それがまた楽しみの一つ。しかし夏の間は日が長いからよいものの、秋になり日が短くなると、七時まで残業すれば二色の浜駅に着くのは八時近くなる。堤まで二十分真っ暗な道を一人で帰るのが怖い。歩き乍らいつも『明日は残業せんとこう』そう思うのだが……。

ある日やっぱり七時まで残業して二色の浜駅に着いた。誰か同じ方向へ帰る人はと思っても、小さな駅で三人ばかりしか降りる人はなかった。一人は浜の方へもう一人は八重子と同じ方向へ。しめたと思い乍ら窪田の四つ角まで来ると、その人は左へ曲がってしまった。八重子

は一人になってしまった。農協の電気が一つぼんやりと灯っている。その前を通り過ぎるとまた両側が田んぼで、右に玉葱小屋が道に面して建っている。見るともなく小屋の後ろを見ると黒い人影がある。

(今頃田んぼの中に人がいる？)

八重子はしっかり握った手に汗をかいている。だんだん小屋の方に来る。いや自分の方に来るではないか足音も立てないで……。八重子は頭の毛が逆立つのを覚えた。心臓が苦しくなった。一生懸命足を動かした(消えた)。あたりには誰もいない。

(何だあれは？)

八重子は無我夢中で家に帰った。

「おかちゃん、うちもう残業せえへん」

母は驚いて、

「何でや」

「道おそろしいもん」

そういって八重子は先程の人影の話をした。

「それ電気の明かりでうつった自分の影やろ」

一緒に聞いていた治さんが言った。わかれば馬鹿みたいな話だけれど、八重子には息がつまるような思い出の一つである。それからしばらくの間残業の日は母が妹や弟と二色の浜駅まで迎えに来てくれた。八重子は残業のパンを一つは食べて一つを迎えに来てくれた者にあげた。

もう一つ楽しみがある。月に一度木管の切れ端をカゴに一杯ずつ従業員にくれるのだ。当時風呂やカマドの焚き木としてとても重宝であった。もらっても八重子は家に持って帰れないし、母はそんなことは何も知らない。一カゴ百円で買ってくれる人があるので売る事にした。八重子の唯一の小遣いなのだ。母に内緒の小遣いで母に内緒のデートをする。デートと言えば、山原は工場を辞めてから定職に就かず、楠原が新地の中で小さなパチンコ店を開き、その店をまかされて店番をしている。現在のパチンコ店のはしり？　である。それが元で、行く先八重子が大変な苦労をする事になるのだが……。

「八重子ちゃん、流しに行こう」

フサ子ちゃんが誘いに来る。流しとは三人程男の人が駅前でアコーディオンやギターを弾いて歌を歌うのである。何曜日はどこの駅というように流して歩く。一枚二十円の歌詞カードを買い、その中の好きな歌をリクエストして唄ってもらう。陰気な八重子だが歌は好きだった。フサ子ちゃんと一緒なら母は何も言わない。木管の切れ端の金が少し残っている。金のない時はフサ子ちゃんの買ったカードを一緒に見せてもらう。映画や金のかかる遊びは出来なかったけれど流しはよく行った。時には流しがダシになった事もあるけれど。

たしかこの年の九月三日、ジェーン台風で家の屋根に穴があきポッカリと空が見えた。瓦は飛び大変な被害を受けた。取り敢えず屋根の応急修理はしたけれど、天井板の修理まで手が回らないので、穴があいたままで暮らしていた。ドスンと八重子の手の上に何かが落ちて来た。ちょうど八重子がその穴の下で寝ている天井ではよくネズミがあばれていた。ドスンとネズミが走って逃げた。屋根裏のネズミが天井の破れ目から墜落したのだ。びっくりして目を覚ますとネズミが走って逃げた。

岸本の義治さんとルリちゃんが、米ちゃん達が暮らしていた所で八百屋を始めたのもこの頃だった。二人は恋をし、織物工場の長男なのに何故か八百屋の商売をしていた。一年ばかり？道を広げるに当たって立ち退きになり、八百屋をやめて家業を継いだ。

フサ子ちゃんが自転車のけいこをするという。唯一宗一のボロげた男乗りの自転車があるのでそれを持ち出して一緒にけいこする。13号線をまっすぐ学校の方へ恐る恐る震え乍らも何とか走れた。回れ右をして家の方へ向って走る。四つ角で大きくカーブする。村はずれの細い道へ出る。鋼線の塀に近づく。道は狭く九十度のカーブ。

「ア……ぶつかる」

ドスン。

やっぱりひっくり返ってしまった。フサ子ちゃんはスイスイ行く。自転車に乗った記憶はそれっきりなくおしまい。一日に二台か三台しか自動車が走らない頃でもけいこをやめてしまった。罰が終生、歩きを強いられるのである。

家の横を通る道は広くなった。その分また家が狭くなったけれど、裏を片付けて小っちゃな風呂場も出来た。二軒一緒の家の井戸は水が湧きにくくなって、田んぼをへだてた裏のひさえさんの家までもらい水に行った。風呂にいっぱい水を運ぶのが大変で大抵子供の仕事として弟達がさせられた。

戦争が終わってから電気もメートル法になって、昼も夜も自由に使えるようになった。今まで金持ちしか持っていなかった冷蔵庫も月賦で買った。もちろん氷を入れる箱である。大きさは高さ五十センチ、幅四十センチ、奥行き三十センチ、今の電子レンジをもうちょっと大きくした位。毎日氷屋さんが氷を売りに来る。家に一つしかなかった電灯も裸電球だけど幾つか付けられ、もうすぐ水道が引けるらしい。

世の中どんどん変わっていく。何でもかんでも月賦で物が買えるようになった。この頃電気でご飯が炊けるといって、電気の釜が家にも月賦を背負ってやって来た。母が米を洗って釜の中に入れ、コードを天井からぶら下がっている電灯の差し込みにいれる。家族全員釜の周りに集って様子を伺う。こんな物で飯が出来るなんて考えられない。へっついさんに大きな鉄の釜をのせ、下からあれだけ木を燃やして出来る飯が、火も燃やさずに食べられるご飯が出来るのだろうか。じーっと息をこらして見つめている。今にも電気がショートして爆発でもしないかと心の中でひやひやした。ゴトゴトゴト音がしだした。そのうち釜が震え出した。湯気がブスブス上がってぷーんとご飯の匂いがする。一時間近くたっただろうか。パチッと小さな音がして釜が静かになった。

「出来たっ」

「ほんまに『ママ』出来たんか?」

「蓋開けてみぃ」

「まだ、蒸らさなあかん」

十分ばかりして母が釜の蓋をそーっと開けた。湯気の中で白いご飯が光っていた。

こうして貧乏な家にも使わなくなったカマドの後に水道が引け、近代生活がゆっくりと入ってきた。

駅前の流しでは美空ひばりの唄や「青い山脈」、「啼くな小鳩よ」、「三百六十五夜」、「かえり船」など唄っていた。「愛染かつら」や「かえり船」の歌謡解説を全部暗記したのもこの頃だった。

ヒサ先生が家を尋ねて来られ八重子を、元大阪陸軍病院で終戦後、国立療養所千石荘病院となり、その事務員として紹介すると言って下さったのを母は独断で断った。八重子はヒサ先生がなつかしく逢いたかったけれど、やっぱり残業をして金儲けが頭から離れなかったので、今回は母を責めなかった。

ある日、仕事の帰りにバッタリ逢った山下先生。同じ方向へ歩くので色々話し乍ら行く。

「何うー元気にしてた？　植田さんがそんな働き方をするとは思わなかった。たとえ学校は出ていなくても。女学校卒業したと言って、有望な職場で働いている人はたくさんいるよ」

八重子は自分の不甲斐なさを責められているように思えてとても恥ずかしかった。

昭和二十五年

朝鮮戦争が始まり、日本では糸ヘン金ヘンブームで、暗かった経済が蘇生した。一月には千円札が発行され、女性の平均寿命が六十歳を超えた。家も少しずつ人間らしい生活が出来るようになってきたけれど、貧乏の虫は離れてくれない。そんな中で八重子は密かに青春をもやしていた。米ちゃんも、フサ子ちゃんも……。

フサ子ちゃんは大層な八方美人で男の噂がたえまなく、八重子にはうらやましい程よくもてる。母はそんなフサ子ちゃんとよく気が合う。フサ子ちゃんは治さんの妹である。鋼線の谷口さんと結婚すると言っても、半ば半信半疑で聞いていたが、本当に風呂敷包み一つ持って行ってしまった。嘉祥寺の旧家でしっかりした姑のある家に。大変だったと思うけれど青春最後に愛した人と結婚し、姑に仕え、三人の子供の母として倖せに暮らしている、一番の幸福を掴み取った人である。

米ちゃんは意中の人、安田さんと結婚するのだが、八重子だけがまごまごと煮え切らない山原に思いを焦がしている。

映画館を出ると、外は雪が舞い落ちてきそうな北風が国道を吹き荒れている。

「寒いやろ」

そう言うと自分の衿巻きをはずして八重子の首に巻いた。そして肩に手を回すと二人は歩いた。

「送っていくよ」

もう九時は過ぎただろうか。今から堤まで歩けば十時近くなる。八重子は母の怒っている顔が目に浮かぶ。でも二人で歩く喜びの方が大きいのだ。家の近くで次の逢う日を約束して別れる。

そおっと家に入る。

「今時分まで何処へ行ってる!!」

案の定、母の声。八重子は黙って服を着替えると布団にもぐった。その頃毎晩風呂に入らない母は何かを感じていたのかも知れない。

日曜日の夕方、江坂のおばちゃんに裁縫を教えてもらう。米ちゃんと二人で習いに行くのだが、針仕事はあまり好きでない八重子は中々上手になれない。それでも一応浴衣、袷《あわせ》、男物浴衣。六ヵ月程ではどれほども覚えられない。江坂のおばちゃんには母に言えないことも言える。山原のことは米ちゃんもおばちゃんも知っている。貧しさ以外を知らないような八重子にも青春の血はさわぐのである。その恋が是であれ非であれ、一途な乙女心の悲喜を織りまぜて、その都度八重子はペンを取った。そして心の中をしたためて送った文は何十通。書くことの好きな八重子はいつの時もペンを持つ。


『幸福とは何ぞや』

只一人静かなる境域において我が身をいとおしむ時、思いにふける時、嘆き悲しむ時、それらいずれの時にもほのかな幸福が身を包んでいるのではなかろうか？　ただ一人我が心の声以外に我に話しかける者なく、吹く風以外に我が空想をさまたげる者なし。およそ人生に幸福を見出さんものと、はやる心を結婚へ、また金をむさぼり貯めて、己が今最大の幸福ぞと誰が言えるだろうか。真の誠の幸福は、静かなる悲しみの中にひそみ、かすかなる喜びの中にもまたほのかな幸福が匂っているのだと思う。望みをとげ、それ以上願う事のない時には幸福たるものも、去って帰らぬものではないだろうか。されば一筋の希望を抱き、望みをとげんと欲すれば、悲しみを忘れ只一人になって誠の幸福を求め、それに依って勇気を出し、もう一歩強く運命を踏み越えて行く事をひたすら念じてやまない。

書くことで己をなぐさめられ、詩《うた》うことに依って幸うすい青春を楽しむのであった。

憧れは乙女の胸にもえるぞ悲し
　貧しく所詮とげられぬ夢ならば

「今日はあんまり遅くなったらあかんさかい」
「そんなら石才まで電車に乗って行こう」
二人は石才駅から歩く事にした。途中道の右側にある池の土手でしばらく座って話をした。寒くないし月がとても美しかった。いきなり山原が八重子を抱き寄せると顔を近づけた。八重子はびっくりしたけれど抵抗はしなかった。初めての口づけだった。八重子は一つの信念を持っていた。それは結婚するまで操を守ることである。死ぬ程愛していても『けじめ』だけは守りたかった。山原は約束してくれた。でも何度か危うい時はあったけれど。

「ねえ（姉のこと）よ。八重子は山原さんと付き合うてるてほんまか。海塚《うみづか》のヤエさん（叔母の知人）があの男はあかんてゆうてる。仕事は嫌いやし第一、親はきついし、妹はイケズやし。あの家に嫁に来たらえらい目に遭うて」

叔母が母に告げ口をする。母は散々八重子を叱る。考えればこの夏だって盆踊りの好きな彼は、中井の竹さんらと一緒に踊りに堤へ来たし、南の本格的なサンヤ踊りを見せて一躍人気者になった。噂と言うものは火のない所に煙は立たない。母だってうすうすは知っていたのだ。治さんとの件にソッポを向いて、他の人と許してくれるはずもないのに。今また叔母からそれを言われてまさに絶望だ。フサ子ちゃんも米ちゃんも嫁に行った。八重子は江坂のおばちゃんに相談した。

「八重子ちゃんが何うしても山原さんの所へ行くというなら。うちの人に話してお母ちゃんに頼んでもらってやるよ」

おばちゃんはおっちゃんを味方に入れてくれた。母は江坂さんの言う事はよく聞いた。渋々母は納得し、叔父叔母を説得し、仲人はもちろん江坂さんという運びとなり、十二月末を以って木管を辞めた。たった一年だったけれど、日根野谷千鶴子お姉ちゃんにはずいぶん可愛がってもらった。十歳も年上だったけれど、短歌が好きで、八重子とよく歌の交換をした。会社を辞める最後の日は冷たい雨が降っていた。八重子は別れの歌を姉ちゃんに贈った。

一とせを睦みて今日は別れ行く
　みぞれの音もなぜか悲しき

姉ちゃんは、

心して渡れ浮世の夫婦びな
　明日はあすはの希望忘れず

と返してくれた。

昭和二十六年（一九五一年）。

年は静かに暮れて行った。

昭和二十七年

一月二十一日　今日は八重子の『足入れ』の日である。節分が来ると年回りが良くないので、一月中に仮祝言を挙げておくと結婚式はいつでも良いとのこと。夕方江坂のおっちゃんに連れられて海新の山原の家まで歩いて行く。その夜は山原で泊まるのである。事実上清彦と八重子の初夜なのだ。

「本日は、誠におめでとうございます」

江坂のおっちゃんはかしこまって挨拶をした。山原の家は狭い。入口の土間、二畳足らずの板間、次は六畳、そこにはタンスが二本と仏壇。その奥に三畳の間。これが二人の新居というより新婚部屋になる。ガラス障子が六畳間とのしきりである。当然仏壇の前で姑と妹二人、弟一人、角倉のおばあちゃん、楠原さんと娘の加代ちゃん、そして清彦。形だけの祝膳。ゆっくり座る場所もない。江坂さんは首をかしげた。

「こんなことをお尋ねして悪いのですが今夜は二人はどこで……」

と案じ顔で誰にともなく聞いた。と角倉のおばあちゃんが、

「へえ、わての家を明けておます。わては今夜ここで寝まっさかいな」

角倉のおばあちゃんは一人暮らしで、山原の家より広い家で住んでいる。今夜は城を明け渡すという。心ばかりの祝膳に箸をつけただけで江坂さんは帰って行った。

八重子は嬉しいより恥ずかしくて、何より二人っきりの夜が怖かった。何とも言えない気持ちだった。やがて夜も更け、角倉の家に行く。片付けられた部屋にダブルの布団が一組、枕が二つ。あれ程恋いこがれた人と二人っきり。誰にも邪魔されないで……と言いたいところだが山原がねまきに替えると布団に入った。八重子はもじもじ。初めての夜。ぎごちなく、情けな

い夜だった。これから毎土曜日の夜は迎えに来てまた角倉の家に泊まる。

三月、体調がおかしい。口がにがい。ご飯に酢をかけて食べる。つわり？　今のように病院へ診察してもらいにいくこともなく診るのは産婆さんである。結婚式もまだなのにあまりに早い妊娠に大手を振って喜ぶわけにもいかない。母は江坂さんと相談して式は五月十三日に決まった。その頃ならお腹もまだ目立たない。

惣次郎も中学校を出て、叔父の手伝いをするようになった。貧乏の尾は長く、八重子は一人前の結婚式などとうてい望んではいなかった。フサ子ちゃんと同じで良い。母に負担はかけたくない。山原の家も決して豊かとは言えないし。

五月十三日。一応今日は結婚式である。生まれて初めて髪結いさんに頭をセット（高島田ではない）してもらい、花カンザシをかざってもらった。そして借り着の着物を着せられて、またまた海新まで歩く。午前中には宗一、惣次郎、江坂の均ちゃんと三人で片引き荷車に荷物を積んで引いて行ってくれた。荷物は鏡台、舟木さんからのお祝い、整理ダンス、叔父叔母からお祝い。中身は絹モスリンの着物が数枚。当時一番安い反物。下駄箱は山原から。一万五千円の結納金と一緒にきた物。その他普段着が少々。

『花嫁が履いて来た履物を取って持って帰ると縁起が良い』

そんないわれがあるとかで借り物の草履を取られては、返す事が出来ないので家の手前で下駄に履き変えることにした。

江坂さん夫婦は仲人。叔母が腰元。五月の夕暮れと言えばまだ日が高い。両親と叔父、八重子の七人は堤から窪田、畠中、脇ノ浜を通って海新へ。それぞれが何を心で思っていたのだろう。母にすれば八重子をまだまだ家の稼ぎ手として働かせたかっただろうし、父は娘を嫁に出すのを何う思っているのだろう。叔父や叔母は決して心から祝ってくれていないと思う。江坂さん夫婦は今まで幾組もの仲人をしたけれど、こんな仲人は初めてだろう。

家が近づき迎えの人が見えた。八重子は履物を替えて下駄にする。家に着くと大勢の人が見物に来ている。家の中に入って上がるやいなや、誰かが素早く下駄を取って懐に入れた。八重子は一月の足入れの時程恥ずかしくなかった。

形式的な言葉で江坂さんが挨拶をし親族の紹介をし、三三九度も済んで正式に山原の妻となった。今日からこの家で暮らすのである。植田八重子から山原八重子になった。昭和二十七年五月十三日。姑ヒロ、妹テル、弟文夫、夫清彦、八重子。これが家族。上の妹エイは楠原さんと娘の加代子三歳と三人で、脇の浜にある久作の納屋を改造して移った。姑のヒロは毎晩新地の『正家』へ客引きに出かけ、朝早く帰って来る中々のしっかり者であり、近所のボス的存在。テルちゃんは同い年で、この家にしてはおとなしい娘で佐野の方へ仕事に行く。文夫ちゃんは（ボクと呼ぶ）中学を出てから佐々木の櫛工場で働き、夜間高校に通っている。

清彦と八重子は例の三畳の間が新居であり、小さい整理ダンスと鏡台を置くと畳二枚しか残らない。布団を敷けばいっぱいで、便所へ行くには布団の足元を踏まなければ行けない。障子一枚すぐそこに家族が寝ている。およそ新婚生活なんか出来るはずもない。元気？　な清彦と周りに気を使う八重子（不感症の原因）。

清彦の仕事と言えば、楠原のパチンコ店も失敗し、嫁を取るのに無職ではと泉大津の染物工場に勤めだした。一ヵ月つめて働けば七千円程度。八重子は山本さんの口聞きで巽製鋼へ再就職。あくまでも臨時雇いだけれど各社会保険はあった。一ヵ月経って本採用にしてもらったけれどお腹はだんだん大きくなっていく。

こうしてレンガ道の八軒長屋での暮らしは八重子にとって初めての事が多かった。向いは中塚、隣は石田、小南、泉井、笠野、福田。そして山原とは切っても切れない角倉があり、向い三軒は各家に井戸を持つ。こちら五軒は共同井戸で何かと便利が悪い。家の裏は南の墓場。家の前を真っすぐ下ると南の浜へ出る潮湯がその近くにある。風呂はもちろんその銭湯へ行く。田舎の小さな風呂以外入ったことのない八重子は、銭湯の湯気でのぼせてしまう。どうも苦手だ。

主婦をし乍ら会社へ通い、母となる日を待つ。お盆も近く姑は、

「八重ちゃん。おテルちゃんの浴衣縫ってくれるか？」

と言って白地に花柄の反物を前においた、

「あんた裁縫習ってたんやろ。これ頼むわ」

「ハイ」

返事はしたもののあまり針仕事の好きでない八重子全く自信がない。でも断ることは出来ない!! 仕方がない次の日曜日に堤へ行って、江坂のおばちゃんに応援頼もう。早速次の日曜日堤へ帰り、江坂のおばちゃんに浴衣を裁ってもらい、要所を教えてもらって帰った。その日のうちに袖ごしらえをし、夜鍋をかけて縫っていると清彦が横に座ってタバコをふかしていた。袖付けの段階で気が付くと袖に穴があいている。タバコの火がさわったのだ。一センチ程の穴が……。八重子は青くなった。きつい姑の顔が目に浮かんだ。翌日仕事に行く時、片袖を風呂敷に包んで何くわぬ顔をして出かけた。帰りに江坂へ寄る為である。

「おばちゃん……」

八重子の泣きそうな顔を見て、おばちゃんは袖をほどいてコテで伸ばし穴をわからないように縫い込んでくれた。そして、

「これで、たぶんわかれへんと思うけどお母さんに言っとく方がええよ。今度ほどいた時にわかるんやからな」

と優しく言ってくれた。清彦のせいと言えばきっと姑はお前が気をつけんからと逆に叱るだ

ろう。やっぱり悪かったと謝るしかない。

姑はむずかしかった。毎日雑巾掛けをすれば、

「毎日拭かんでもよい」

と言うし、だからと言って雑巾が乾いていたら、

「自分の家と思ってないから性根を入れて掃除をせえへん」

と怒る。

脇の浜に行ったはずの上の妹おエイちゃん。毎日加代ちゃんを連れて帰って来る時には泊まっていく。来年三月に出産予定らしく、今つわりがあるので毎日来ているのだ。一方清彦は結婚してから二度ばかり給料をまともにくれたが、だんだん少なくなり、百円二百円と角倉のおばちゃんに借りる。そのたびに八重子が返す。ある日、姑が八重子に言った。

「あんたと清彦は、わてらと別に世帯を持ち、清彦の働いた金で生活したらええ。あたいには文夫ちゃんがいるから兄貴を当てにしてない。一銭の金ももらおうとは思わないから」

それ以後、狭い家の中で二つの生活が始まった。にもかかわらず清彦の月給は『パチンコ』に消える部分が多くなる。角倉のおばちゃんからしょっちゅう催促。日々の暮らしも八重子の給料が主になってくる。何んなに困っても愚痴だけは言うまい。自分が選んだ道なのだ。

結婚して初めての盆。十六日は藪《やぶ》入り。母は娘の帰りを待っていた。

「なあ、藪入りに一緒に帰ろうな」

「お前一人でいんだら（行けばいい）……」

「またパチンコに行くんやろ。堤でみんな待ってるから行こう」

「そんならこのままで行くよ」

やっと重い尻を上げたが白いシャツとステテコのまま。堤では二人の来るのを待ってくれていたが、清彦の姿を見た母は、

「八重子よ。初めての藪入りに、何て格好で来るんや。恥ずかしないんか」

母にすればもう少し小ましな姿で来てほしかったに違いない。八重子もそうしてほしかったけれど連れて来るだけが精一杯だった。


秋風が吹き、お腹では元気よくあちこちつついたり蹴ったりしている。

「女の子やで」

姑は決めつけるように言う。八重子は男の子と思っているが黙って笑っていた。

角倉のおばあちゃん。

「どっちでもええがな。清彦ちゃんもお父さんになったら、いいや子供の顔を見たら賢うなるわいな」

八重子はそう信じたかった。

向いの中塚には四人の男の子がいる。嫁さん（八重子は姉ちゃんと呼んでいた）はきつい人だと山原の人などは言うけれど、八重子には親切にしてくれた。中塚の弟夫婦が潮湯へ行く途中に住んでいた。お嫁さんは幸ちゃんと言って八重子と同じ八ヵ月で、十二月の予定日まであと三ヵ月。中塚さんは若い頃清彦と一緒に遊び友達だったとか。だが結婚してから働くだけの家庭人に変身している。

ぼつぼつ赤ちゃんのおむつや下着の支度をしなければいけない。男の子だと思ってもわからないから白い下着を作ろうとガーゼとネルを買った。それを見て姑は絶対女の子だとピンクのネルを三メートルばかり買って来る。

「これで胴着を縫ってやり」

八重子は少々気に入らなかったけれど、折角買って来てくれたのだから夜鍋をして縫った。

おエイちゃん、泊まる日が多くなってきた。中でも八重子がこの家に来て驚いた事は、お金がなくなると着物を笠野のおばあちゃんに持たせて質屋へ行かせる。借りてきた金の中からなにがしかを握らせるとおばあちゃんはペコペコ頭を下げて帰る。そして必ず夜の店屋物を買って食べる。いったい楠原さんて何をしている人なんだろう。八重子が来るまではとても景気がよくて、いくらでも金が入り、おエイちゃんにはぜいたくな着物や宝石を買い与えたらしい。最近は映画館も神宮寺の姉さんに渡っているそうだけれど、金が回ってくるとまた笠野のおばあちゃんが呼び出されて今度は質出しに行かされる。何とも変な暮らしである。

やがて十一月になり八重子は仕事を辞めた。お腹の赤ちゃんは順調で中ノ町の鳥野さんという助産婦にお世話になることにした。そんな頃、

「八重ちゃん。おテルちゃんの羽織一枚縫ってくれるか」

夏の浴衣で散々な目に遭ったのに今度は羽織とは。袷の着物でも大変なのに、羽織なんて全く自信どころか縫えないよ。それでもやっぱり断れない。またまた江坂へ通わねばならぬ。海新から堤まで毎日歩くと考えれば良い運動だけれど、大きなお腹をかかえて大変だよ。江坂のおばちゃんも厄介な事をよく面倒見てくれたと思う。

ある日の夕方、

「宗一。ねえを貝塚まで送ってやり」

「おお」

宗一は自転車を出すと、私を後ろの荷台に乗せて走りだした。当時でも自転車の二人乗りは違反だよ。畠中のはずれまで行った時、前から車がライトを赤々とつけて走って来た。自転車がフラフラとした瞬間道路の横にあるコンクリートの溝の中に見事振り落とされてしまった。お腹の大きい時、転ぶとヨナ（臍の緒）が巻いて赤ちゃんによくないと聞いていたので、びっ

くり。痛いより怖かった。宗一も驚いて助け起こすと、

「いけるか？」

心配そうに声をかける。八重子は何とか立てるし腹も痛くない。ただ足がすりむけて血がにじんでいる。でも歩ける。

「いけるいける」

わざと笑顔を作って見せる。家に帰って傷薬をつけて、今日は風呂はやめておこう。足の傷はもし聞かれたら一人で滑ったことにしよう。こうして無事何とか羽織は出来上がった。形ある縫い物をしたのはこれが最後だった。


十一月中頃。中塚の幸ちゃん、女の子出産。いよいよ今度は八重子の番だ。姑はガンとして女の子と決め込み、今度は花柄のこまかいピンク系の綿入れを買ってきた。もし男の子なら何うするのだろうこんな赤い着物。

作治郎おっちゃん。家を売ってから叔母と大戦争をしたのは言うまでもないが、今度は七十坪の土地に鶏舎を建てて鶏飼いを始めた。叔母はせっせと石鹸や紙、雑貨の行商に精を出す。働き者の叔母と賭け事の好きなおっちゃんの奇妙な生活が続く。

健太郎兄やんも三人の女の子が出来て、相変わらず糸のブローカーをしている。惣次郎は出原工業のメッキ場で働くようになった。治さんも出原の伸線で働き、フサ子ちゃんは元気な女

の子を出産。米ちゃんも妊娠六ヵ月。母は舟木さんの末娘ひとみちゃんの守りをまかされて、毎日子守をしている。

八重子は十二月六日が予定日で、あと幾日もなく、もう堤へは歩いて帰れなくなり、山原の家でお産をするべく最終の準備も出来た。清彦は嬉しいのか無感動なのか、せっせとパチンコに通う。お産の費用何ら関係なし。八重子は巽を辞めてもう健康保険の事なんか忘れていたけれど、手続きをすれば産前、分娩、産後と、もらえる旨会社から連絡があり、何とも有り難く助かったものだ。


十二月三日。

朝五時お腹が痛み始める。清彦を起こして産婆さんへ走ってもらった。早速診てくれたが夕方になると言って帰ってしまった。

「八重ちゃん頑張るんやで。絶対声を出したらあかん。お産は女の務めや」

そう言ったのは角倉のおばあちゃん。この人は子供を産んでいないはずなのに知ったようなことを言う。いつも厳しく辛く当たっていた姑も今日は何かとそわそわして食事も作ってくれる。清彦は仕事に追い出された。

「男はお産の場にいるものではない」

これも角倉のおばあちゃん。八重子は怖いような心細い気持ちで布団に横になっている。三時頃産婆さんが来てくれたがその気配もない。夕方まで様子を見ててくれたが一度帰り、今夜は徹夜の用意をすると言ってまた帰った。清彦も今日ばかりはパチンコもせずまっすぐ帰って来たが、まだ生まれていないのでガッカリ。

夜になって少し痛みがきつくなってきたもののまだ弱い。姑はカマドの釜に湯を沸かし、火の番をしながら小さな炊事場でただウロウロしている。文夫ちゃんはおエイちゃんの家に泊りに行った。やがて日付が変わり四日となる。枕元には角倉のおばあちゃんがデンと座って、イザとなればアタイが……と頑張っている。

十二月四日二時を過ぎて元気な産声を上げて生まれて来たのは何と男の子。

「おヒロさん。男の子じゃ」

「おおおお、立派な男の子ですよ」

角倉のおばあちゃんと産婆さんが一緒に声を上げる。

「八重ちゃん。よう頑張ったなあ。えらかった、えらかった」

角倉のおばあちゃんはしきりに八重子を褒めてくれる。八重子は苦しかった何時間、命を懸けたあの瞬間を汗と涙で吹き飛ばしたように嬉しく、この喜びは母でないと味わう事が出来ないと思った。しかも男の子だよ。

(よかった。ほんまによかった。うち男の子のお母ちゃんになった。これほんまにほんまや)

八重子は心の中で繰り返した。

うぶ声に　めでし男の子の生れ来し
　師走のあしたに　母となる身は

夜が明けて清彦が母の元へ連絡に行く。母は初孫の誕生をとても喜んでくれた。

「八重子。よかったな……男の子が出来て。お前もお母ちゃんになったんやなあ……」

母はしみじみと言う。とにかく嬉しい。横に我が子がいる。小さな分身が元気に泣き声を上げている。毎日産婆さんがお湯をつかわせに来てくれる事になったが、一つ困った事に女の子の産着ばかりで、男の子に着せられるのは白いネルの胴着が二枚あるだけ。早速駅下がりまで走って清彦が紫の綿入れを一枚買ってくる。初めての産着が赤い花柄ではかわいそうだもの。あれ程女の子と決めつけていた姑は何う思っているのだろう。でも別世帯をしていたのに食事はちゃんと一緒に作ってくれた。何しろ小さな狭い家の中、一つの命の誕生は何と影響力の大きいことよ。おむつに始まってたくさんのお祝いの品々。六人の家族は重なって暮らさねばならない。そこへおエイちゃんが大きなお腹をかかえてほとんど帰って来ている。

母乳がよく出るようにと三日後から産婆さんがマッサージをしてくれる。これがまたとてつもなく痛い。でもお乳がなくてはミルク代が大変だというからしっかり我慢する。師走に入って寒い日が多い。ガタガタからっ風が障子を揺らす。おむつ洗いを姑やおテルちゃんにしてもらって気になる。何しろ外にある共同井戸へ洗いに行くのだから……。母が来てくれても泊まる所もないのですぐ帰ってしまう。

赤ちゃんはよく泣く、元気というより紫色の顔をして泣き入るのである。夜泣きをするものだから義妹や義弟の明日の仕事に差しつかえる。そこで八重子は抱いて寝ることにした。姑は見かねて守り帯で前に抱っこして上から結んでくれ、その上に布団を巻いて柱にもたれて寝るのである。抱っこしていると少しはおとなしく寝てくれる。疲れてそうっと下に寝かそうものなら。ピクッと起きてまた泣きだす。ただただ夢中で夜も昼もない毎日が続く。

いくらよく泣いても日を追うごとに可愛くなる。産婆さんのマッサージが効いたのか乳は飛ぶようにさしてくる。お蔭で上手に飲んでくれるのだが、片方飲ませている間に片方がお乳でびしょぬれになる。中塚さんがお乳が足りなくて困っていると言うので、家に来て飲んでもらうことにした。半月ばかり早かったけれど、差しつかえないらしいので、八重子も大いに助かった。こうして中塚の幸ちゃんとのお付き合いが始まった。姑や義妹はあまり気をよくしていなかったみたいだが……。

永久につきることのない幸せを持って生きてほしい。親が子に願う当然の祈りである。この子を永二と名付けて、次に生まれる子には久の字をつけよう。そんな八重子の思いを清彦に話す。

「おまはんら、子の名前考えたんか？」

姑は聞いた。

「永二にしようと思うけど」

「何んな字を書くんや」

「永久の永に二」

「そらあかん。水に流れるような字はあかん」

「……」

「エイジはええ名前や、おじいさんは栄治郎やさかい上だけもろてエイジはええ」

エイジをとても気に入ったらしくしきりに「ええ」と言う。八重子は亡くなった舅が栄治郎だからエイジにしたのではない。それに舅が外の女の家で死んだことも知っていた。そんな人の名前をもらう気は全くない。エイジはエイジでもその字だけは嫌や……。そこで英次を考えた。後になって長男なのに次男みたいな名前だったことに気付く。しかし、姑は正家のお母さんに孫の名前をきかれ、

「英次って付けたんやけど」

「何んな字を書くの」

「英と次って書きますねん。若い者が付けたもので」

「何とええ名前つけなしたね。この子は誰からも好かれるええ子になりまっせえ」

これを聞いて八重子はとても嬉しかった。英次。自分の子。いくら見ても見あきない。可愛い。母乳はいくらでも出る

初めての正月。出産の慌ただしさもさること乍ら、結婚しては初めての正月。何はともあれ家族揃ってお雑煮を祝う。八重子は乳が多いせいか、とてもお腹がすく。そのおもちのおいしいこと、思わずお代わりをするべく杓子《しやくし》を持った。

「あれあれ、お代わりするんかいな。もちをあんまり食べると子の目にヤニがはるよ」

姑の声にあわてて杓子を置いた。姑の言葉は英次を思いやる以前に、嫁に対する意地悪に聞こえた。八重子は悲しかった。食い物の恨みは何とやら。みかんをあんまり食べると子供がゲリをする。ことごとくその調子である。それでも八重子は食べたいのだ。食糧事情も少しは緩和されお金を出せば色々買える。出産とその後の出費。清彦の給料で決してぜいたくは出来ないけれど姑の留守には南寅《なんとら》へ行って買ってはパンを食べた。お祝い返しなどの費用は健保の産後給付金を当てよう。

八重子は英次のおむつを取り替えていた。小さな足、可愛いチンチンに思わず、

「英次、エイジ」

愛しい我が子、いとしい名前。

「お前、今何ていうた」

突然、後ろで姑の声がした。八重子はびっくりした。

「何ぼ我が子やいうても大事な跡取り息子を呼び捨てにするとは。わてら文夫ちゃんにも呼び捨てにした事ないわ」

八重子は怖いというより姑の跡取り息子を清彦と呼び捨てにしているのにその言葉の理解に困った。母親が自分の子に名前を呼び捨てにしてはいけないのか？　……そんな馬鹿なこと。それ以来「英次」と呼ぶことはなく「ボク」になってしまった。後日幼稚園へ行くようになった時持ち物に名前をつける。

「お母ちゃん。ボクの名前何てゆうん？」

と英次が聞いたのである。


堤から英次の産着が届いた。男らしい黒地にカブトの柄、兵児帯、恐らく母がまた借金か月賦で買ってくれたに違いない。寒い折だから少し温かい日曜日にお宮参りをする。おテルちゃんに抱っこされ、姑と角倉のおばあちゃんと感田神社へお参りし、新地の正家へ寄って来たとか。赤ちゃんの時から色街通いをした英次である。

相変わらずよく泣いてくれる。宮参りも済み子のゆめ三十日もあけた。八重子は夕方になると南の潮湯へ英次を連れて行くのである。洗面用具、おむつ、下着を風呂敷に包み、綿入れのネンネコに英次をこっぽりとくるんで荷物を持って七、八分歩くと潮湯に着く。まず赤ちゃん台に英次をねかせておいて自分が湯に入り、ぬくもったところで出て来て子の着物を脱がせ、湯に入れる。その間英次は泣きっぱなしだ。でも湯につけるとご機嫌でおとなしい。お湯から上がって着物を着せ、もう一度温まりに行こうと思ってもまた泣きだす。番台の娘さんが抱いてくれるのだが泣きやまない。毎晩これの繰り返しで、途中、中塚さんの家の前を通ると、

「ほら、山原の孫が通るよ」

と言われる程泣き虫が評判になった。泣き虫の英次と出過ぎるオッパイとの戦いだ。子供のおむつと乳に当てるタオル、そのタオルを通りこして流れる乳で自分の着ている物がぐしょぐしょ。それが乾くとゴワゴワで何とも気持ちが悪いけれど、そんな事いちいち気にしていたら暮らせない。やがて三月、泣き乍らもスクスクと大きくなっていく英次。可愛い。親バカ？堤へ連れて帰ると母は得意で抱いて、近所へ見せて回るのだけど、泣きだしたら止まらないのに閉口。

「八重子よ。こんなよう泣く子でも可愛いけ」

「当たり前やろ。よう言うわ」

夜と昼を間違える赤ちゃんはよくある。しかし英次は夜も昼も泣くのである。夜はネンネコでおぶってゆすった。おテルちゃんも時々代わって抱いてくれた。昼、外でゆすっていると、はす向いの福田のご主人、

「赤ちゃんあんまりゆすると頭が悪くなるよ」

と教えてくれたけれど何うしたら泣きやんでくれるのか……。夜が来る、今夜はとても寒い。

「寒いから余計泣くのかも知れへん。これで枕元をこっぽりおぼって（すっぽりおおって）やったら……」

と姑が真綿を出して仕事に出て行った。言われた通り八重子は真綿を英次の枕元にまいた。それでも泣く。紫色の唇をふるわせて、翌朝、英次の様子が少しおかしい。乳をふくませると熱い。熱がある。姑が帰るのを待ちかねて様子を伝える。姑は英次の顔を見て、

「これはハシカや。おでこにブツブツが出てるやないか」

と言う。こんな小さな子にハシカなんかあるのかと八重子は思ったけれど、姑に逆らわず。本当にハシカなら温めておけばよくなると思って、ますます温かくした。英次はますます熱くなる。心配になって八重子は近くの青山病院へ連れて行った。診察した医師は、

「これはハシカではない。念の為に一晩入院するように」

とんでもないことになった。英次に、もしものことがあったら何うしよう。八重子は泣きたくなった。今まで温めていたのに先生は氷で冷やすように指示する。ハシカなら冷やしたら死ぬ。正反対の処置にただウロウロ。一日経つと熱は下がった。結局温めた上に力一杯泣く赤ちゃんの体温で熱が上がり、その上もっと温めたものだから、アセモがおでこに出たのであ

る。あふれる程の母乳を飲んでいる三ヵ月の赤ちゃんにハシカなんかあるはずないよね……。清彦が知らせたのか堤から母が病院へ来てくれた時は嬉しかった。とても心細かったもの。

ぎりぎりの生活費に病院の支払いでますます苦しくなる。清彦の給料四千円～五千円、休まず行ってくれたら七、八千円あるのに、休んでパチンコへ行っているらしい。毎日弁当を持って。

「おばちゃん。これ返すけどもう貸さんといて。うちもう返されへんよって」

「ああそうする。あんたも苦労するなあ」

角倉のおばあちゃん、またまた百五十円の催促に来た。八重子はなけなしの財布をはたいて返した。そんなある日、ふとタンスに気がついた。整理ダンスの上の戸棚に友達から祝ってもらったハンドバッグの箱が軽い。中を開けると空っぽ。引き出しを開ける。ない。英次の産着がない。絹モスリンの私の着物もない。腰巻きさえないのである。子供の頃から貧乏の中で生きてきた八重子だったが質屋通いはしたことがない。ここへ来て初めて質屋なるものを知ったのである。こんなにも見事に質屋に持って行かれるとは夢にも思わなかった。でも八重子には受け出しに行く金がなかった。英次ゴメン。おかちゃんかんにんして。まだ産着の月賦残っているやろうに……。

おエイちゃんが出産。女の子未熟児ぎりぎりの小さな女の子だった。負けん気の強い親子のこと、男の子を産んだ八重子がさぞかし憎かったろう。姑は娘の方へつきっきり。加代ちゃんの面倒から大変である。

春はテンヤワンヤの我が家にも暖かい日ざしをなげかけた。おエイちゃんも元気になって由美ちゃんの宮参りも済んだ。さすが負けず嫌いの親子、立派な産着であった。

英次五ヵ月。仕事帰りの清彦が大きな荷物を持って帰って来た。木製の乳母車。よく泣くといっても、大きくなるにつれて少しずつ楽になってきた。これからは堤へ帰る時も乳母車を押して行けば荷物があっても楽になる。隣のおしげちゃん、よくお守りをしてくれるので助かる。角倉のおばあちゃんも使いに行く時は押して行ってくれた。

「清彦ちゃんもええお父ちゃんになって、自分で乳母車を買うてくるやなんて大したもんやなあ。これであたいに金借りに来んかったらしめたもんやけどなあ」

全くその通り。可愛い子供の顔を見れば本当に変わってくれるだろうと念じていたが、それはなかった。たまたまパチンコに勝ったから乳母車を買ったと聞いて、あまり進展のないのに少々情けなさはあったものの八重子は清彦を愛した。

英次の夜泣きは少なくなったけれども、時々夜通し泣きやまない日がある。そんな日は朝、足一面に虫に刺されたような赤い斑点が出来てとてもかゆそう。病院に連れて行くと何かにかまれたのではないかと言うが、そうでもないらしい。当時ペニシリンが出回ってそれを打ってもらうとすぐに腫れが引いてよくなる。でも病院代が大変。中塚さんが元看護婦さんだったことから薬局でペニシリンを買ってくれれば注射してあげると言ってくれた。その後、薬局でペニシリンを箱で買っていた。今考えれば恐ろしいことをしていたと思う。

おエイちゃんはお産からずっと山原の家に居る。楠原さんも来ている。小さな家に十人がひしめき合って暮らす。お金がなくなれば笠野のおばあちゃんが質屋へ通い、金が入ればまた質出しに行く。八重子は清彦の少ない給料で爪に火を灯すように生活をする。そんなある日、いつになく姑が一緒に風呂へ行こうと言う。加代ちゃんを連れて。八重子に先、湯につかって来るよう言ってくれた。英次の世話をしてくれる為である。湯から上がって英次を迎えに湯殿の外に出ると、今しがたおむつをはずしたのか手に持ってそれを高く上げて、

「こんなに濡れるまでおむつを替えずに、どうらくな嫁や。かわいそうに。お尻ただれてしまうがな」

姑の大きな声に八重子は恥ずかしいやら腹が立つやら、顔がほてるのを何うしようもなく英次を抱くと湯殿に入った。

「こんなことならいつものように一人で来た方がよっぽどましや」

そう思い乍らも濡れたおむつがうらめしかった。でも、周りの知った人達は姑の人柄を知っていたので、かえって八重子に同情してくれた。

それから間もなく姑は八重子に言った。

「清彦にも話はしたけど、おエイちゃんがな五千円兄ちゃんに渡すから、何処か家を借りて別に暮らしてもらえんやろか」

「……」

「前にも言うたけど、あたいは兄貴を当てにしてないし一円の金もいらんからな」

女親子で相談し、自分達三人を追い出そうとしているのがわかった。こんな家には何の未練もない。五千円が少ないのはわかっているけれど、その方の魅力の方が大きかった。早速堤へ行って母に相談した。母も山原の家を出る事には反対しなかった。さし当たって家が見つかるまで三畳の部屋を貸してくれる事になった。何処へ行っても狭いのは慣れている。こうして、五千円の金と小っちゃな蝿入らずと清彦の弁当箱一つを持って堤の家へ引っ越して来た。英次六ヵ月。もちろん清彦も一緒である。八重子にしてみれば、堤で暮らせばいくら何でも無責任なことはしなかろうと切ない願いもあってのことだ。

母にも誰にも清彦の愚痴は一切言わない覚悟でいる。

この翌年、昭和二十八年（一九五三年）、テレビ時代の幕が開いたのである。東京で一日四時間。そんなにぎやかな世の中は八重子にとっては遠い世界のことである。何故かと言えば、今から泥沼人生の幕も開くのだ。

ひとまずこれにて。

二〇〇六年九月四日

あとがき

文中の弟妹六人は、現在三人になってしまいましたが、何とか、つつがなく時代の流れにもまれ乍ら、寄る年波と闘っています。

いつまでも。いくつになっても、愛しくて、大切な大切な弟妹、残された人生の終わりまで、身の丈に合う幸せが頂けますよう切に祈ってやみません。

この本が出来上がるまで、右も左もわからない私を、最後までお世話下さった出版社編集の方々本当にありがとうございました。

最後になりましたが、この本を読んでくださった方々へ心から感謝致します。

山原　八重子

著者プロフィール

山原 八重子（やまはら やえこ）

昭和６年６月生
大阪府出身、在住
高等小学校中退
生命保険会社営業 21年勤務

老残のタンポポ 踏まれても踏まれても咲く

2021年10月15日　初版第１刷発行

著　者　山原 八重子
発行者　瓜谷 綱延
発行所　株式会社文芸社
〒160-0022　東京都新宿区新宿1－10－1
電話　03-5369-3060（代表）
03-5369-2299（販売）

印刷所　株式会社フクイン

ISBN978-4-286-23028-3　JASRAC 出　2106118-101